NOV 1 7 2011

Bianca

T3-BNX-476

Danza de seducción
Abby Green

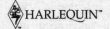

HARLEQUIN™

Editado por HARLEQUIN IBÉRICA, S.A.
Núñez de Balboa, 56
28001 Madrid

© 2010 Abby Green. Todos los derechos reservados.
DANZA DE SEDUCCIÓN, N.º 2082 - 8.6.11
Título original: Bride in a Gilded Cage
Publicada originalmente por Mills & Boon®, Ltd., Londres.

Todos los derechos están reservados incluidos los de reproducción,
total o parcial. Esta edición ha sido publicada con permiso de
Harlequin Enterprises II BV.
Todos los personajes de este libro son ficticios. Cualquier parecido
con alguna persona, viva o muerta, es pura coincidencia.
® Harlequin, logotipo Harlequin y Bianca son marcas registradas
por Harlequin Books S.A.
® y ™ son marcas registradas por Harlequin Enterprises Limited y
sus filiales, utilizadas con licencia. Las marcas que lleven ® están
registradas en la Oficina Española de Patentes y Marcas y en otros
países.

I.S.B.N.: 978-84-9000-004-5
Depósito legal: B-15834-2011
Editor responsable: Luis Pugni
Preimpresión y fotomecánica: M.T. Color & Diseño, S.L.
C/ Colquide, 6 portal 2 - 3º H. 28230 Las Rozas (Madrid)
Impresión en Black print CPI (Barcelona)
Fecha impresion para Argentina: 5.12.11
Distribuidor exclusivo para España: LOGISTA
Distribuidor para México: CODIPLYRSA
Distribuidores para Argentina: interior, BERTRAN, S.A.C. Vélez
Sársfield, 1950. Cap. Fed./ Buenos Aires y Gran Buenos Aires,
VACCARO SÁNCHEZ y Cía, S.A.
Distribuidor para Chile: DISTRIBUIDORA ALFA, S.A.

R0432430879

Capítulo 1

DON Rafael Romero miró a la chica que tenía delante. Sabía que no se diferenciaría del resto de las jóvenes de su clase social en Buenos Aires, todas ellas ricas y mimadas. Era algo más pálida, quizá debido a que su padre era inglés; su madre, María Fuentes de la Roja, pertenecía a la aristocracia argentina.

Ese día, Isobel Miller cumplía dieciocho años y, por fin, había ido a conocerla. Ésa era la mujer... la chica con la que estaba prometido desde que él cumplió los dieciocho años.

—¡No puede obligarme a casarme con usted!

Isobel nunca se había sentido tan amenazada e intimidada. Tenía las manos cerradas en dos puños y se sentía rara e incómoda con ese ceñido vestido de satén que su madre le había obligado a ponerse esa noche para su fiesta de cumpleaños.

El hombre la miró fríamente y, con voz profunda, dijo:

—Me gustaría poder creer que su resistencia es sincera, pero lo dudo mucho; sobre todo, teniendo en cuenta que no tiene ni voz ni voto en este asunto. Cuando su abuelo vendió la estancia de su familia a la mía, decidió su destino —la boca de él se cerró en una fina línea–. Los dos consiguieron lo que querían. Su abuelo obtuvo el dinero de la venta más la promesa de que la estancia volvería a manos de su familia a través de un contrato matrimonial.

Isobel seguía sin comprender.

–¿Quiere decir que su padre se dejó engañar? Pero eso es...

–No, en absoluto –le interrumpió él–. A mi padre no le engañó nadie. Para empezar, mi padre tenía asuntos que zanjar con su abuelo, y era la única persona con ganas y dinero suficiente para comprar una propiedad tan enorme. Pero se aseguró de obtener lo que quería a cambio: un matrimonio dinástico entre su hijo, yo, y alguien con el linaje apropiado, usted. Aunque la fortuna de su familia deja mucho que desear en estos momentos, sigue siendo considerada uno de los pilares de la sociedad de Buenos Aires. Diez años atrás, cuando se cerró el trato, su abuelo sólo recibió el pago de la mitad del valor de la estancia. Mi padre, aprovechándose de ser abogado, se aseguró de que su familia recibiera la otra mitad el día de nuestra boda, el día en que usted cumpliera los veintiún años.

Isobel se tambaleó. A los dieciséis años, se enteró de que algún día llegaría ese día, pero lo había ignorado, pensando que de esa manera no se cumpliría su destino. La idea de un matrimonio de conveniencia con uno de los herederos de una de las fortunas de la industria de Buenos Aires le había parecido impensable; además, hacer el bachillerato en un colegio de Inglaterra y vivir con la familia de su padre había hecho que le fuera más fácil ignorar la realidad.

Pero la realidad estaba delante de ella en ese momento, burlándose de ella y de la absurda esperanza de que no se manifestara. El pánico le cerró ligeramente la garganta.

–Yo no tengo la culpa de que mi padre se viera obligado a vender la estancia y a hacer ese trato.

Le resultaba difícil asimilar lo que estaba ocurriendo. No había sido fácil para ella volver a Buenos Aires con la idea de decirles a sus padres que quería ir a Europa a estudiar danza. Siempre había encontrado sofocante la sociedad de Buenos Aires; sobre todo, después de pasar un tiempo con sus familiares ingleses, de temperamento más práctico y relajado. Nunca les había contado lo de su matrimonio, ya que les habría parecido casi medieval.

Los años de relativa libertad en Inglaterra le habían conferido un punto de vista objetivo respecto a su privilegiada posición social en Argentina, y se había dado cuenta de que jamás podría convertirse en la mimada esposa de un millonario, que era en lo que muchas de sus amigas argentinas se habían convertido a pesar de haber ido a estudiar a los mejores colegios del mundo.

Isobel se echó atrás al oír la breve carcajada de don Rafael Romero, y el corazón le dio un vuelco al ver el resplandor de sus blancos dientes.

–¿En serio es tan inocente, Isobel? Nuestra privilegiada posición en la sociedad se basa en uniones de conveniencia, en matrimonios de conveniencia. Reconozco que éste en concreto parece algo más arbitrario que la mayoría, pero en el fondo es igual que el resto –esbozó una sonrisa extraordinariamente cínica–. Si creyéramos en matrimonios por amor, las capas sociales superiores se vendrían abajo en nada de tiempo.

Con un esmoquin ligeramente arrugado, la camisa blanca abierta y la pajarita deshecha, el soltero más codiciado de Buenos Aires estaba haciendo honor a su arrogante y cruel nombre. Rafael Romero era realmente un magnífico espécimen de virilidad.

El miedo a un matrimonio de conveniencia se apoderó de ella, pero la ira la hizo contestar:

–No soy inocente. Lo que ocurre es que los matrimonios de este tipo me parecen más propios de la Edad Media que de la actualidad.

Isobel había acompañado a sus padres al vestíbulo para saludar al recién llegado. La puerta de la casa había quedado abierta momentáneamente, por lo que había podido ver la portezuela posterior del coche de él también abierta, y le había dado tiempo a vislumbrar una larga pierna calzando un zapato de tacón... antes de que el chófer la cerrara.

Aunque había visto en fotos a Rafael Romero, aquélla era la primera vez que lo veía en persona, y nada la había preparado para el impacto que ese hombre causaba. Tenía la piel color oliva, el pelo negro como el azabache y los ojos parecían dos pozos de oscuros pecados. Sus facciones eran duras, casi crueles, sólo suavizadas por unos sensuales labios.

Por lo que había leído sobre él en Internet, sabía que era un magnate en el mundo de los negocios y un mujeriego, acostumbrado a imponerse sobre los demás sin miramientos. Y ella tenía que hacerle frente, hacerle ver que no se rendiría ante él.

Apenas un momento antes había despedido a sus padres, diciéndoles bruscamente:

–Déjennos. He venido aquí esta noche para hablar con su hija a solas.

Ahora, Isobel alzó la barbilla y dijo:

–¿Por qué ha venido aquí esta noche? Yo no le he invitado.

Él hizo una mueca con la boca, mofándose de ella.

–Debía saber que tarde o temprano nos veríamos. ¿Por qué cree que sus padres insistieron en hacerla volver de Inglaterra?

El pánico volvió a apoderarse de ella. El hecho de que su madre no le hubiera advertido de que él iba a ir la dejó helada.

–No vamos a casarnos –declaró Isobel con desesperación.

–En este momento, no –él se encogió de hombros–. Pero dentro de tres años, nos casaremos.

La idea de un futuro en Europa cada vez parecía más lejos de su alcance.

–Pero yo no quiero casarme con usted. Ni siquiera le conozco –le miró fijamente, empalideciendo–. No quiero este tipo de vida para mí. Y no me importa que me crea o no. Lo que más me gustaría es marcharme ahora y no volverle a ver en la vida, ni tampoco esta casa ni Buenos Aires.

El pánico había dado paso al horror que le producía la idea de pasarse la vida sometida a la voluntad de ese frío hombre.

–¿Cómo puede darle tan poca importancia? ¿Cómo

se le ocurre venir a conocer a su futura esposa cuando, evidentemente, está en compañía de una mujer? ¿Sabe ella que está aquí hablando de su matrimonio?

Él sonrió con dureza.

—A la mujer que me espera en el coche no le importa lo que esté hablando con usted, siempre y cuando acabe en mi cama y debajo de mí. El matrimonio significa tan poco para ella como para mí. Ya se ha divorciado dos veces.

—Es usted despreciable —sin embargo, sus propias palabras traicionaron el hormigueo que sintió en el estómago.

—Soy realista. Esa mujer y yo somos dos adultos a los que nos gusta disfrutar sin las mentiras que acompañan a la mayoría de los amantes —entonces, la miró de arriba abajo con insolencia—. Cuando se haga mayor, puede que lo comprenda. Es evidente que aún cree en los cuentos de hadas.

Más enfadada que nunca, Isobel contestó:

—Es una pena que no se casara con la mujer por la que estuvo a punto de cancelar esta unión. De haberlo hecho, no estaríamos manteniendo esta discusión. ¿Le dejó porque no pudo soportar su cinismo?

Isobel notó la furia contenida en él tras la provocación. Ella se había referido al hecho de que ese hombre, ocho años atrás, había ignorado el contrato entre sus familias y se había prometido a otra mujer. Ella, por su parte, aún no había estado enterada de las repercusiones que eso iba a tener en su vida.

Pero aquel compromiso matrimonial se rompió y el contrato entre sus familias siguió siendo válido. Y a continuación, cuando ella cumplió los dieciséis años, sus padres le explicaron la situación.

Fue entonces cuando se dio cuenta de que ella debía de ser la razón de la ruptura del compromiso matrimonial de Rafael con Ana Pérez. A partir de ese momento, la fama de Rafael como extraordinario hombre de negocios había ido acompañada por la fama que tenía de mujeriego.

–No –contestó Rafael fríamente–. No es ninguna pena que no me casara con esa mujer, sino una suerte. Cuando usted y yo nos casemos, será un negocio más, que es justamente lo que todo matrimonio debería ser.

–Pero usted no quiere casarse conmigo –dijo Isobel–. ¿Es que no puede darnos el dinero que queda de pagar por la estancia y dar por zanjado el asunto?

–No es tan sencillo.

Rafael la miró fijamente, acercándose a ella. Isobel tenía el cabello castaño y era más pálida de lo que le había parecido a simple vista, pero fueron sus ojos lo que más le llamó la atención. Eran enormes y marrones, oscuros y aterciopelados, con largas pestañas que proyectaban sombras en las ruborizadas mejillas.

Al instante, se dio cuenta de que Isobel, una vez pasara la adolescencia, se convertiría en una bella mujer adulta. Momentánea y sorprendentemente, sintió que la sangre se le subía a la entrepierna.

¿Por qué la estaba mirando de esa manera? Isobel volvió a hablar, con algo de desesperación en la voz.

–¿Por qué no es tan sencillo?

Isobel no era consciente de la expresión suplicante en su rostro ni se dio cuenta de la forma como Rafael contraía los músculos de la mandíbula. Él se la acercó un paso más y ella se sintió amenazada. A cierta distancia, Rafael Romero intimidaba; pero así, tan de cerca, era sobrecogedor. Y, de repente, ella encontró dificultad para respirar.

Rafael paseó los ojos por el cuerpo de Isobel, haciéndola enrojecer profundamente.

–No es como la imaginaba –dijo él casi con humor.

–Me temo que usted es justo como lo imaginaba –contestó Isobel al tiempo que daba un paso atrás, sintiéndose cada vez más amenazada.

–Lo tomaré como un cumplido –respondió Rafael–. Es usted bastante rebelde, ¿no?

–Si por rebelde se refiere a que tengo criterio propio y lo uso, sí, soy una rebelde. Y si cree que voy a resignarme y a acceder a un matrimonio de conveniencia con usted, lamento comunicarle que se equivoca. No tengo intención de resignarme y someterme a un purgatorio durante el resto de mi vida, que es lo que ocurriría si me convirtiera en la esposa de un playboy multimillonario.

Isobel sintió un intenso calor bajo la penetrante mirada de Rafael. Demasiado penetrante. Era como si Rafael viera algo de lo que ella nunca había sido consciente hasta el momento, que ya era una mujer. Inmediatamente, sintió algo líquido e ilícito en el bajo vientre, incluso más abajo. Hizo lo imposible por no moverse. Quería mirar a otro lado, pero esos oscuros e hipnóticos ojos se lo impidieron.

La futilidad de las circunstancias le golpeó con fuerza. El enigmático silencio de Rafael hizo que la tensión aumentara.

–No me va a decir que a usted le parece bien casarse conmigo, ¿verdad?

Los labios de Rafael endurecieron, igual que su mirada.

–Esta noche, he venido aquí con el propósito de conocer a mi futura esposa y esperaba encontrarme con una niña mimada, pero no ha sido así. Créame, no mucha gente consigue sorprenderme.

–No quiero sorprenderle.

–Lo lamento, pero así ha sido –declaró Rafael–. Reconozco que no me atraía la idea de casarme con usted, pero estoy empezando a cambiar de idea. A lo que hay que añadir que me inclino por un matrimonio de conveniencia. Y aunque no tengo ningún deseo de acostarme con poco más que una niña, estoy seguro de que cuando madure un poco más se convertirá en una mujer con la que podré convivir.

–¡Yo no soy una niña! –exclamó ella furiosa.

Rafael arqueó una ceja.

–¿No? Perdone, querida, pero todavía no es una mujer. Y, desde luego, no tiene la madurez suficiente para acostarse conmigo.

Encolerizada y ofendida, Isobel le espetó:

–Su cama está demasiado concurrida para mi gusto. No creo que deseara compartirla con todas las oportunistas de Buenos Aires empeñadas en ascender en la escala social.

Rafael se quedó atónito; después, lívido.

–¡Cómo se atreve a...! –le agarró un brazo y tiró de ella hacia sí, pegándosela al pecho.

Isobel no podía respirar. Con los ojos muy abiertos, vio descender la cabeza de Rafael y acercarse esos labios increíblemente sensuales. Un jadeo escapó de sus labios antes de que calor y oscuridad la envolvieran. Rafael sabía a whisky y a peligro, una mezcla intoxicante y adulta.

Los chicos que la habían besado en Inglaterra no la habían preparado para semejante asalto a los sentidos. Permaneció inmóvil durante unos momentos en los que sólo fue consciente del duro torso de Rafael contra sus pechos y de la dureza de su beso.

Sintió las manos de él acariciándole la espalda. Sintió sus dedos cuando le deshizo el moño y el cabello le cayó por los hombros. El mundo entero se transformó en la deliciosa locura de ese hombre, sus brazos y su boca sobre la suya. Una boca ardiente y exigente. Una lengua que la hizo juntar las piernas con fuerza en un vano intento de detener las pulsaciones en la entrepierna.

Rafael se apartó de ella.

Isobel, casi sin respiración, abrió los ojos. Tenía calor y estaba sudorosa y desorientada. Se sentía como si Rafael la hubiera marcado.

Rafael, tras asegurarse de que no iba a perder el equilibrio, retrocedió.

Sintiéndose profundamente humillada, Isobel no consiguió mirarle a los ojos. El rostro le ardía y se sentó en una silla que había al lado de ella. No podía fingir que el beso no la había afectado, no podía negar la evidencia.

—Como ya he dicho, eres demasiado joven, Isobel. Pero dentro de tres años, cuando nos casemos, lo estarás —declaró Rafael en un tono que dejaba vislumbrar cierta sorpresa–. Nuestra unión es inevitable, y estoy convencido de que será un buen matrimonio.

Rafael parecía estar hablando consigo mismo, como si ella no se encontrara presente. Ofendida, hizo acopio de valor y contestó:

–No voy a casarme contigo.

Los ojos de él aprisionaron los suyos.

–No tienes alternativa. Como he dicho antes, no tengo intención de correr el riesgo de perder la estancia. Deberías alegrarte de disponer de tiempo para hacerte a la idea. Cuando nos casemos, Isobel, te haré mi esposa en pleno sentido de la palabra.

La histeria se apoderó de ella. Nunca se convertiría en la esposa de Rafael, nunca. La idea de vivir en Buenos Aires casada con Rafael era para ella como una condena a cadena perpetua.

Isobel sacudió la cabeza.

–No, ni hablar. Me voy a marchar. Me voy a ir lejos. No me casaré contigo. Prefiero la muerte.

Una cínica expresión cruzó el semblante de Rafael.

–No dramatices, Isobel. Cuando nos casemos, simplemente estaremos haciendo lo que miles de personas han hecho antes que nosotros en nombre de la conveniencia y las herencias. Con el tiempo, madurarás y te transformarás en una mujer a la que pueda convertir en mi esposa y llevarla a la cama...

Isobel se sintió profundamente dolida. Aún no comprendía del todo el efecto del beso de Rafael, pero sí que él había demostrado que, sexualmente, la dominaba con facilidad. Pero la amenaza que suponían las palabras de Rafael la hicieron reaccionar instintivamente.

—No voy a dejar que un contrato me asuste. Yo no tengo la culpa de que mi abuelo se viera obligado a venderle la estancia a tu familia. No estoy dispuesta a casarme con alguien a quien desprecio.

Rafael sonrió levemente.

—El desprecio es una emoción muy fuerte para una persona tan joven. Escapa si eso es lo que quieres, pero puedes estar segura de que yo sabré dónde y qué estás haciendo en todo momento. Eres de Buenos Aires, Isobel, tu vida está aquí. En el mundo real, por tus propios medios, jamás sobrevivirías. Y no te aconsejaría que te casaras en secreto con otro, tanto para evitar tu destino o por amor. De hacer eso, puedes estar segura de que tu familia no cobraría un céntimo de lo que aún le queda por cobrar, que es una considerable cantidad de dinero, del que tu familia depende para sobrevivir en esta sociedad; sobre todo, si su situación económica continúa deteriorándose, como parecer ser el caso.

—Te odio —dijo Isobel con voz temblorosa—. Espero no volver a verte en mi vida.

Rafael, acercándose a ella, le acarició la mejilla con un dedo.

—Lo harás, Isobel, cuenta con ello. Vamos a ser felices juntos, ya lo verás.

Capítulo 2

Casi tres años después...

Rafael contempló la fotografía que tenía delante de él, encima del escritorio. Era una foto de Isobel en París del brazo de un apuesto joven en una calle concurrida. Aunque sabía que el joven era la pareja de baile de Isobel, y homosexual, no pudo contener la cólera. Era como si Isobel se estuviera burlando de él.

Desgraciadamente, había subestimado el poder de la belleza de Isobel, que había dejado de ser adolescente para convertirse en una mujer sumamente hermosa. Se había cortado el pelo, lo llevaba muy corto; y aunque a él el pelo corto no solía gustarle, reconocía que a Isabel le sentaba muy bien ya que realzaba su delicada estructura ósea, sus enormes ojos y las delicadas líneas de la mandíbula y la garganta, lo que le confería un aspecto increíblemente seductor e inocente.

Algo rayando en dolor le hizo reconocer que, casi con seguridad, Isobel ya no era la tímida virgen que había conocido a los dieciocho años. Sería imposible. Pero no sabía por qué le consternaba de esa manera, ya que jamás había deseado acostarse con una virgen y había querido que Isobel se convirtiera en una mujer antes de ello.

Rafael apretó los labios, seguro de que su deseo se había convertido en realidad.

Isobel había abandonado Buenos Aires a las pocas semanas de su encuentro y se había ido a París; allí, se había puesto a trabajar de profesora de tango. Según los informes que recibía periódicamente sobre ella, Isobel llevaba una vida sencilla y se ganaba la vida trabajando, como todo el mundo, por lo que su respeto por ella había ido aumentando con el tiempo.

Rafael sabía que Isobel no había recibido dinero de sus padres ya que éstos no podían permitírselo. Su situación económica había ido de mal en peor debido a malas decisiones, tanto respecto a los negocios como a las inversiones. Hacía unas semanas que habían ido a visitarle, y él les había asegurado que seguía con la idea de casarse con Isobel y, por lo tanto, no tenían de qué preocuparse. Los padres de Isobel se habían marchado con evidente alivio.

Rafael se giró en su sillón y, por la ventana, contempló la vista de la Plaza de Mayo. Sintió un hormigueo en el estómago. Había llegado el momento de hacer que su prometida volviera a casa y de casarse.

Tal y como su abogado le había dicho, y como él sabía muy bien, su negocio estaba empezando a atravesar un mal momento. Los clientes y los colegas empezaban a cuestionar su sentido de la responsabilidad debido a su soltería. Con mucha frecuencia, era el único soltero en los eventos sociales. Jamás lo habría creído posible, pero ahora pensaba que el matrimonio tenía muchas ventajas; entre ellas, la idea de compartir la vida y la cama con una hermosa mujer.

Se trataba de una decisión desde el punto de los negocios, nada más. Un matrimonio de conveniencia, como muchos otros en aquella ciudad.

—Muy bien, Lucille, sigue volviendo a juntar los pies. Marc, sujétala bien, con más firmeza, no estás dándole a Lucille el apoyo suficiente...

Isobel observó a la pareja antes de pasear la mirada por los otros bailarines de su clase, examinando su evolución.

Desgraciadamente, no podían hacerla olvidar el humillante hecho de que, desde que se marchara de Buenos Aires a las pocas semanas de aquel terrible cumpleaños tres años atrás, no había conseguido que pasara un solo día sin pensar en don Rafael Romero.

Había hecho lo posible por olvidar las palabras de él. Y el beso. A pesar de vivir en una de las ciudades más cosmopolitas del mundo y de salir constantemente con pretendientes, ninguno de ellos la había hecho sentir nada parecido a lo que sintió aquella noche con Rafael.

Era como si Rafael la hubiera hechizado aquella noche, y le odiaba por ello.

Isobel sacudió la cabeza, asqueada de sí misma. ¿Por qué no había sido capaz de borrar la memoria de ese beso en tres años? Estaba asqueada de sí misma porque jamás en la vida había querido sentirse atraída por un hombre así: arrogante, rico y convencido de que merecía todo lo que tenía.

Aunque sabía que no le conocía, sí conocía el mundo del que Rafael venía porque era el mismo mundo del que ella venía. Y, debido a eso, estaba convencida de que Rafael era igual que todos los multimillonarios: amoral y ambicioso, y amasar dinero y mantener las apariencias como únicos objetivos en la vida. Rafael lo había demostrado aquella noche, tres años atrás, con su arrogancia, al ir a verla como si hubiera ido a ver una yegua para ver si la compraba o no.

Últimamente, estaba nerviosa y tenía motivos para estarlo. Faltaban sólo dos semanas para su vigésimo primer cumpleaños.

La canción que sonaba por los altavoces llegó a su fin e Isobel salió de su ensimismamiento. Juntó las manos y se quedó mirando a sus alumnos, una vez más lamentándose de la ausencia de su compañero, José, por estar enfermo.

—Ya casi hemos terminado, pero antes de que os vayáis voy a enseñaros cómo dar los diferentes pasos seguidos, en una secuencia. Necesito un voluntario...

Isobel paseó la mirada por el grupo y gruñó para sí. Ninguno de los alumnos estaba preparado para hacer una demostración. Sin embargo, justo cuando estaba a punto de elegir al mejor del grupo, notó que todos habían clavado los ojos a espaldas de ella, donde estaba la puerta.

Isobel se volvió...

Rafael contuvo la violenta reacción de su cuerpo cuando Isobel se volvió de cara a él. Nunca había sentido nada parecido.

Isobel llevaba leotardos y maillot, y la gracia de su cuerpo de bailarina era evidente. Tal y como había notado en las fotos, el pelo corto realzaba los delicados rasgos de su rostro, confiriéndole luminosidad a su belleza. Los ojos eran tal y como los recordaba: dos enormes pozos de terciopelo marrón oscuro, y las pestañas eran largas y negras. Isobel era exquisita.

La sangre le hirvió en las venas y, mientras la contemplaba, vio que el rostro de ella empalidecía visiblemente.

Isobel sintió la necesidad de agarrarse a algo. Don Rafael Romero estaba ahí, en el umbral de la puerta del pequeño estudio, haciéndose con todo el espacio. Durante un horrible segundo, se preguntó si no estaría imaginándole, si no se trataba de una alucinación.

–Creo que puedo ayudarte... si necesitas un compañero de baile.

Isobel se sintió paralizada. No podía moverse, no podía hablar. Era vagamente consciente de las curiosas miradas de sus alumnos.

–¿Para demostrar la secuencia de los pasos? –añadió Rafael, como si pensara que ella tenía problemas para comprenderle. Como si considerara perfectamente normal aparecer en su lugar de trabajo desde el otro lado del océano.

Isobel le vio quitarse la oscura chaqueta y quedarse con pantalones oscuros y camisa blanca. El femenino interés que notó a sus espaldas fue suficiente para hacerla reaccionar.

–No, no es necesario, gracias. Me acompañará... –miró a su alrededor, pero era una clase de principiantes. Clavó la mirada en Marc, pero éste enrojeció con una súplica en los ojos.

Por desgracia, Isobel se dio cuenta de que no podía ponerle en evidencia. Miró a Rafael, que permanecía de pie y de brazos cruzados.

—¿Sabes bailar el tango? —le preguntó Isabel, pensando que la situación era surrealista.

Rafael sonrió con arrogancia.

—Por supuesto que sé bailar el tango, soy argentino.

Consciente de que estaba en presencia de sus alumnos, y sólo por eso, Isobel, fingiendo indiferencia, encogió los hombros y se volvió para poner música. Con manos temblorosas, eligió una canción y los primeros acordes de Carlos di Sarli sonaron en el estudio. Entonces, disimulando su perplejidad, se volvió hacia Rafael, a quien encontró delante de ella con una ceja arqueada.

—¿Qué pasos quieres enseñar? —le preguntó él.

—Ochos y sacadas.

Rafael asintió y, al momento, ella se encontró rodeada por sus brazos. Cerró los ojos en un momento de desesperación al experimentar un efecto explosivo dentro de su cuerpo.

Rafael se movió con habilidad, girando y haciéndola dar vueltas siguiendo los movimientos y los pasos que ella había querido enseñar a sus alumnos.

Isobel reconoció que Rafael bailaba como un profesional. Su habilidad y respeto por el baile la hicieron reconocer ese hecho y seguirle. Automáticamente, le permitió que la sujetara y acarreara con parte de su peso. Los pasos se tornaron más complejos. Por primera vez en la vida, a pesar de haber tenido muchos compañeros de baile, bailar el tango le resultó algo sexual.

Tardó en darse cuenta de que la música había acabado y que ya no bailaban. Con un movimiento brusco, se zafó de los brazos de Rafael y se separó de él. Sentía calor en el rostro. Sus alumnos la miraban con extrañeza y ella no quiso preguntarse a qué se debería.

La clase acabó y los alumnos se marcharon, dejándola a solas con ese hombre a escasos metros de ella.

¿Había llegado el momento? ¿Había ido Rafael allí para llevarla de vuelta a Argentina? Por desgracia, pronto lo averiguaría.

Isobel volvió al estudio después de cambiarse en el diminuto cuarto de baño. El corazón le dio un vuelco al descubrir que Rafael seguía allí, que no había sido producto de una alucinación. Se sintió excesivamente consciente de sí mismo debido al gastado vestido veraniego que llevaba puesto. Hacía mucho calor ese día y se había puesto el vestido más fresco que tenía. Al lado de un Rafael inmaculadamente trajeado, se sentía como una pordiosera.

El pulso se le aceleró cuando Rafael, que había estado mirando por la ventana, se volvió de cara a ella. Tenía las manos en los bolsillos y la observó con expresión misteriosa.

Rafael indicó con un gesto dos cajas envueltas en papel de regalo entre las pertenencias de ella.

—¿Saben tus alumnos que tu cumpleaños es dentro de dos semanas?

Isobel se lo quedó mirando, presa del pánico. Sí, había ido a por ella.

–Hace ya casi tres años que nos vimos, Isobel, ¿lo recuerdas?

–No son regalos de cumpleaños –respondió ella tras un escalofrío, decidiendo ignorar el comentario de Rafael–. Algunos alumnos hacen un pequeño regalo a final de curso, ya que cierro el estudio en agosto. Aquí, todo el mundo se va de vacaciones en agosto.

Rafael se la quedó mirando con intensidad. Con intención de poner cierta distancia entre los dos, ella se dio media vuelta, de espaldas a Rafael, y empezó a recoger. Metió el iPod y los altavoces en una pequeña mochila.

Cuando acabó de guardarlo todo, se dio media vuelta y respiró hondo para darse ánimos a sí misma.

–¿A qué has venido, Rafael?

Los ojos negros de Rafael se le clavaron.

–Sabes perfectamente a qué he venido.

–No estoy preparada para...

Pero Rafael la interrumpió:

–No vamos ha hablar de esto aquí y ahora. Enviaré un coche para que te recoja en tu casa a las siete de la tarde y te lleve a mi hotel.

Isobel casi se desmayó al pensar que Rafael esperaba que ella le obedeciera sin más. Su voz adquirió casi un tono histérico al contestar:

–¿Cómo sabes que no tengo otros planes? ¿Que no he quedado con ningún amigo? Si crees que puedes venir aquí y hacer que deje mi vida...

Rafael se le acercó y ella hizo un esfuerzo para no retroceder.

–Sabías que llegaría este día, y no puedes quejarte de que no te haya dejado disfrutar de tu independencia. He reservado una mesa para esta noche, para los dos, y vas a cenar conmigo.

Mientras trataba de asimilar la implacable arrogancia de él, Rafael se las había arreglado para quitarle la mochila del hombro y, con una mano en el codo, la estaba haciendo salir del estudio. Le había quitado las llaves y estaba cerrando con llave, como si estuviera acostumbrado a ello.

Una vez en la calle, el calor no la ayudó a salir de su inercia. Rafael, con calma, le devolvió las llaves y la bolsa y le indicó un coche junto a la acera.

–No te ofrezco llevarte en coche a tu casa porque sé que vives a una manzana de aquí, pero mi coche estará en la puerta de tu casa a las siete en punto.

Rafael alzó una mano y le acarició la mejilla con un dedo.

–Y no hagas ninguna tontería, Isobel. Iría a por ti personalmente.

Y tras esas palabras, Isobel le vio meterse en el coche y desaparecer en el tráfico de la ciudad.

Rafael esperaba a Isobel sentado en el vestíbulo del hotel Plaza Athénée. Era uno de los mejores hoteles de París, pero él apenas notó el lujo que le rodeaba ni los caros aromas de las mujeres que pasaban por su lado lanzando miradas llenas de interés en su dirección.

Hacía mucho tiempo que no sentía tanta excitación.

Por fin, vio su coche deteniéndose delante de la puerta del hotel y lanzó un gruñido para sí al verse presa de una profunda tensión en la entrepierna. Con crueldad, controló la reacción de su cuerpo. Pero en el momento en que vio salir a Isobel del coche, tanto esfuerzo resultó no servirle de nada.

No apartó los ojos de ella mientras se acercaba a la puerta. A pesar de llevar un sencillo vestido negro, parecía una reina. Bajó la mirada y la clavó en las sandalias de tacón plateadas, y su deseo aumentó. Tras un ataque hormonal de proporciones incontrolables, fue a recibirla.

–Ven, vamos al bar. Tomaremos un aperitivo antes de cenar –dijo Rafael tras saludarla.

Isobel no tuvo más remedio que seguirle. La mano de él, en su codo, era como una marca de hierro candente, y el calor le subía por el brazo. Ningún otro hombre había provocado una reacción tan física y visceral en ella. Sintió un gran alivio cuando se sentaron a la mesa y Rafael la soltó. La decoración era una sofisticada mezcla de moderno y antiguo, la iluminación era suave y el tono de las conversaciones también. Un pianista procuraba música de fondo al ambiente.

Llevaba tres años temiendo ese momento; sin embargo, no era temor la tensión que se le había agarrado al estómago.

Un camarero se acercó a su mesa y Rafael la miró.

–Tomaré... agua mineral. Gracias.

Rafael, sin apartar los ojos de ella, dijo al camarero:

–Un whisky sin hielo. Gracias.

El camarero se retiró y Rafael estiró las largas piernas por debajo de la mesa. Isobel, por el contrario, juntó las piernas y las colocó debajo de su silla, tan lejos de él como le fue posible.

Rafael sonrió.

–Isobel, tengo que admitir que me has sorprendido y has demostrado que estaba equivocado.

–No he hecho nada con intención de demostrarte nada –respondió ella tensamente.

La sonrisa de Rafael se agrandó.

–Me lanzaste un desafío al marcharte de Buenos Aires.

–También te dije que no quería volver a verte nunca.

–Sabías que eso era imposible.

Isobel se sintió empalidecer. No tenía escape.

–Te he tenido vigilada y, créeme, habría venido a por ti mucho antes de haberlo considerado necesario –continuó Rafael–. Pero, según parece, tu amigo más cercano es homosexual, por lo que no me he preocupado demasiado.

Isobel, encolerizada, enrojeció.

–¿Que me has tenido vigilada?

Rafael se encogió de hombros.

–No constantemente. Digamos que me han dado cuenta de tus movimientos durante estos tres años. Al fin y al cabo, eres mi prometida.

Completamente furiosa, Isobel aprovechó la oportunidad de poder sentirse indignada, de tener algo concreto que achacarle.

–Me has tenido vigilada y eso es inaceptable.

Isobel se puso en pie, pero él también lo hizo.

–Siéntate, Isobel. No voy a permitir que utilices como excusa para marcharte algo tan tonto, cuando los dos sabemos que lo que te pasa es que te pongo nerviosa.

Isobel apretó los dientes. Al parecer, era como un libro abierto para ese hombre. Pero decidió mentir:

–No me pones nerviosa. Y no voy a quedarme si no me pides disculpas por haber hecho que me vigilaran.

La tensión era casi palpable. A Rafael le brillaban los ojos y ella recordó aquella noche tres años atrás, cuando la besó... Le temblaron las piernas.

Rafael hizo un esfuerzo por no apartar la mesa de una patada, agarrar a Isobel, estrecharla con los brazos y estrujarle la boca con la suya.

Con facilidad, ya que no le costaba nada, Rafael dijo:

–Te pido disculpas. Y ahora, siéntate –al ver que no se movía, añadió–: por favor.

Por fin, Isobel se sentó. El camarero apareció en ese momento con las bebidas. Ella agarró el vaso de agua para beber un buen trago. Pero justo antes de llevárselo a los labios, vio a Rafael alzar su vaso a modo de brindis.

–A tu salud –dijo él.

Ella farfulló algo incoherente y, con los ojos clavados en los de Rafael, bebió.

–Bueno, cuéntame qué tal la vida en París –dijo Rafael en tono neutral.

Isobel le miró y él notó que se estaba mordiendo el labio inferior. Deseó alargar el brazo, agarrarle la barbilla y acariciarle el labio. Isobel bajó la mirada y volvió a subir los ojos antes de preguntar con voz ahogada:

—¿Quieres hablar de mi vida aquí, en París?

Rafael se echó hacia delante y la miró con intensidad.

—Sí, eso es exactamente lo que quiero.

Isobel miró con disimulo a Rafael. Su cuerpo había ido acumulando más tensión desde que habían ido al comedor. Un camarero les había retirado los platos vacíos. No sabía qué habían cenado, aunque sin duda había sido algo delicioso.

Rafael alzó la botella de vino blanco y, con un gesto, le preguntó si quería más. Ella, rápidamente, sacudió la cabeza. Había bebido unos sorbos solamente.

Rafael volvió a llenarse la copa y la miró.

—¿No bebes?

—Esta noche no me apetece.

A Isobel le costaba creer no poder escapar de esa situación. Pero, de repente, recordó que Rafael también había renunciado al amor por ese contrato matrimonial.

—Rafael, tú no quieres casarte conmigo. Ninguno de los dos queremos este matrimonio. ¿Es que no hay forma de cumplir con el contrato sin necesidad de que nos casemos?

Rafael también se inclinó hacia delante, dejó la copa en la mesa y, con expresión dura y voz gélida, dijo:

–No, Isobel, no hay alternativa. Y te equivocas, yo sí quiero este matrimonio. Cuanto antes te hagas a la idea de que vamos a casarnos, mejor. Si intentáramos romper el acuerdo, los problemas legales que eso plantearía y el tiempo que llevaría solucionarlos colocarían a tus padres en una situación económica imposible de sostener. Y, como ya te he dicho con anterioridad, no estoy dispuesto a perder una de mis más valiosas propiedades.

Capítulo 3

RAFAEL continuó, sin ser consciente del impacto que causaron sus palabras en Isobel:

—Estuve a punto de perder un negocio de lo más lucrativo sólo porque mi cliente no acababa de fiarse de mí —Rafael hizo una mueca—. Era un padre de familia y consideraba que mi soltería era una indicación de falta de seriedad en los negocios. Tuve que asegurarle que estaba prometido para que volviera a confiar en mí.

Isobel se recostó en el respaldo del asiento. Que Rafael se lo hubiera dicho a una persona significaba que, a esas alturas, todo Buenos Aires lo sabía.

—Así que, como ves, Isobel, ya está todo en marcha. Los medios de comunicación ya están hablando de mi próxima boda.

Isobel abrió la boca para hablar, pero Rafael alzó una mano.

—Deja que termine.

Isobel volvió a cerrar la boca. No era capaz de mucho más.

—El día de nuestra boda, tus padres recibirán el resto del dinero que se les debe por la venta de la estancia.

Isobel bajó los ojos y los clavó en su taza de café,

a pesar de no haberse dado cuenta de que se la llevaran. Su vida entera se centró en ese momento, tuvo
una visión de todo lo que le había ocurrido hasta entonces: su estricta educación, las discusiones cons-
tantes de sus padres, el descanso que le supuso estudiar en Inglaterra y el apoyo de sus familiares ingleses.

Y todos sus sueños se venían abajo. No podía escapar al destino. Miró a Rafael y logró decir con voz
ronca:

—Sigo opinando lo mismo: eres el último hombre
en el mundo con quien querría casarme.

Rafael no pareció inmutarse.

—¿Cuál es el problema, Isobel? Has demostrado lo
que querías demostrar, y de forma admirable. Nadie
va a negar que abandonaste Buenos Aires para inde-
pendizarte, y te has ganado mi respeto por ello. Es
evidente que no eres una cazafortunas ni una niña mimada.

—¡Vaya, gracias por el cumplido! —la carcajada de
Isobel rayó en la histeria.

Rafael la ignoró.

—A pesar de lo cual, tienes que cumplir con tu deber, y eso significa volver a Buenos Aires conmigo.
No esperabas escapar a tu destino, ¿verdad? ¿Qué planes tenías? ¿Vivir en la pobreza durante el resto de la
vida dando clases de tango? ¿Casarte con un humilde
bailarín, crear una familia y tener hijos?

El tono desdeñoso empleado por Rafael la hizo salir de su estupor.

—Sí, eso es exactamente lo que tenía pensado hacer. Acompañado de una pequeña casa de campo con
un jardín, un rosal al lado de la puerta y el derecho a

ser libre y a hacer lo que me plazca. Que haya nacido en una sociedad determinada no significa que no pueda salir de ella.

Rafael sonrió cínicamente y dijo con cierta amargura:

–Ojalá fuera verdad. Pero tú y yo, Isobel, estamos condicionados por nuestra sociedad, nuestras obligaciones, nuestra educación y nuestras familias. Naciste en una propiedad que vale millones, ni siquiera tú puedes ignorar esa responsabilidad sin hacer daño a las personas más cercanas a ti.

Antes de que Isobel pudiera reaccionar, Rafael se sacó algo del bolsillo interior de la chaqueta. Era una caja de terciopelo. Le miró con aprensión cuando él se la dio. De repente, le dio miedo tocar la caja.

Apenas pudiendo contener la irritación por la falta de interés de ella, Rafael abrió la tapa de la caja y ante la vista apareció una deslumbrante pulsera de brillantes.

–Es sólo un pequeño regalo de cumpleaños, Isobel... una demostración de lo que puedes esperar de mí como esposa.

Isobel se quedó paralizada. Entonces, dejó la servilleta encima de la mesa.

–Creía que habíamos dejado claro que no soy una cazafortunas.

–Eso no significa que no puedas aceptar un regalo y disfrutarlo. Acéptalo, Isobel.

Isobel sabía que tendrían que atarla para que aceptara la pulsera. Temblando, se puso en pie. Rafael fue a detenerla, pero ella se lo impidió con un gesto altanero.

—Supongo que todavía dispongo de la libertad suficiente para ir al baño, ¿no?

Rafael inclinó la cabeza y la observó mientras ella se alejaba. Cerró la tapa de la caja y la dejó sobre la mesa. No había esperado que Isobel encolerizara al ver la deslumbrante pulsera de brillantes, por muy digna que fuera. Tampoco había esperado que se le resistiera. Había creído, erróneamente, que se resignaría. ¿Acaso Isobel había creído que podría librarse de volver a Argentina, con él, y aceptar su destino? ¿Estaba loca?

Se miró el reloj. Isobel llevaba ausente diez minutos. Miró hacia la puerta. Nada. Fue entonces cuando, con furia, se dio cuenta de que Isobel le había dejado plantado.

Con frialdad, Rafael pagó la cuenta. Tenía un proyecto de futuro e Isobel formaba parte de ese proyecto, tanto si le gustaba como si no.

«Tú y yo, Isobel, estamos condicionados por nuestra sociedad, nuestras obligaciones, nuestra educación y nuestras familias...».

Esas palabras resonaron en la cabeza de Isobel junto con la imagen de la pulsera de brillantes. Los ojos se le llenaron de lágrimas. No podía creer que su vida como mujer independiente se viera amenazada de esa forma.

En ese momento, añadiendo aún más confusión a su estado, Isobel recordó a su abuela justo antes de su muerte, cuando le dijo que algún día heredaría la estancia. Pero, por supuesto, eso fue antes de que se la vendieran al padre de Rafael. Tenía seis años cuando su abuela murió.

Apenas recordaba la estancia, hacía mucho que no la veía, pero recordaba que siempre le había parecido un lugar encantado. Era el sitio donde sus abuelos se habían conocido y, por aquel entonces, oyó cosas muy románticas en relación a ese lugar.

A pesar de haberse tratado de un matrimonio de conveniencia en principio, sus abuelos habían estado verdaderamente enamorados. La muerte de su abuela había afectado a su abuelo enormemente y era lo que le había llevado a darse al juego y a la bebida, cosa que a su vez le había conducido a endeudarse y a verse en la necesidad de vender la estancia... y a ella a esa situación.

El metro se detuvo en la estación de su casa. Se sentía algo culpable por haber dejado plantado a Rafael, pero sabía que lo único que había hecho era ofender su ego.

Mientras subía las escaleras de la salida del metro, sintió un extraño y, a la vez, familiar cosquilleo. Por lo tanto, no le sorprendió del todo ver a Rafael a la salida, esperándola, apoyado contra un muro. Ella desvió la mirada, ignoró el vuelco que le dio el corazón y comenzó a caminar con paso decisivo hacia su casa, a un par de manzanas de ahí.

Rafael la siguió sin problemas.

—No sabía que te hubieran educado tan mal, Isobel. A la gente no se la deja así, como lo has hecho tú, durante una cena.

Isobel enrojeció, sin poder evitar sentir vergüenza de sí misma.

–No soy una maleducada, a excepción de con algunas personas. Sobre todo, personas con las que una conversación resulta ser una farsa.

–No hay muchas mujeres que opinen que hablar conmigo de matrimonio es una farsa, Isobel. Debo reconocer que eres especial.

Llegaron a la puerta de su casa y ella rezó para que la mano no le temblara al abrirla con la llave. Ese hombre la perturbaba cada vez más, amenazándola a unos niveles que no estaba dispuesta a reconocer.

–¿No vas a invitarme a entrar y a ofrecerme un café? –preguntó Rafael después de que ella hubiera abierto la puerta.

Isobel se volvió y alzó la mirada, y sintió un cierto alivio al ver que el rostro de él estaba parcialmente en sombras.

–No, no voy a hacerlo.

Isobel hizo ademán de cerrarle la puerta en las narices, pero él fue demasiado rápido y se lo impidió. Esta vez, al hablar, la voz de Rafael tenía tono de amenaza.

–Lo siento por ti, pero voy a entrar. No hemos acabado nuestra conversación.

Con desánimo, Isobel se dio cuenta de que Rafael no iba a ceder de ningún modo. Ni en ese momento ni nunca. Estaba luchando una batalla perdida. En silencio, se echó hacia un lado para cederle el paso.

A Isobel le produjo cierta satisfacción ver a Rafael incómodo en aquel pequeño y atestado apartamento. Sin duda, estaba acostumbrado a otro tipo de viviendas.

Lo único que separaba el cuarto de estar y cocina del dormitorio era una sábana a modo de cortina.

A pesar de ello, la carismática presencia de Rafael la hizo desear que se marchara de allí lo antes posible; entretanto, se mantuvo ocupada preparando café. Rafael se sentó en la única silla decente que tenía.

Isobel le dio una taza humeante.

–Es instantáneo. Espero que no te importe.

–No, en absoluto –respondió Rafael aceptando la taza.

Isobel se apartó, se apoyó en el mostrador de la cocina y cruzó los brazos a la altura del pecho. Rafael bebió antes de dejar la taza encima de la mesa.

Inclinándose hacia delante, Rafael la miró con un brillo cínico en los ojos.

–¿Debo suponer que, si hubiera fingido no estar obligado a casarme contigo por un contrato, que si te hubiera declarado mi amor, me habrías aceptado, Isobel?

Sintió esas palabras como una bofetada. El pánico se apoderó de ella. ¿Había adivinado Rafael su punto débil?

–No, claro que no –respondió ella–. Tú serías incapaz de eso, eres demasiado frío.

Rafael se puso en pie e Isobel, instintivamente, trató de alejarse, pero tenía el mostrador de la cocina contra la espalda. Rafael era amenazante y peligroso.

Rafael arqueó las cejas y se le acercó.

–¿Frío, Isobel? No, nada de eso. No tengo intención de que nuestra unión sea fría, sino todo lo contrario. De hecho, en este momento tengo la impresión de que podría ser muy, muy ardiente.

Isobel se lo quedó mirando sin pronunciar palabra

mientras él avanzaba. Era muy alto y moreno, más de lo que le había parecido cuando le conoció. El recuerdo de aquel beso la hizo estremecer. Si Rafael sospechara... Extendió el brazo para impedirle el avance, temerosa de que él descubriera lo vulnerable que se sentía.

–No me refería a eso. Quería decir que...

Rafael estaba tan cerca que ella tuvo que alzar la cabeza para mirarle. Un paso más y su mano le tocaría el pecho. Entonces Rafael dio ese paso y a ella le pareció que iba a estallar.

–Vamos a ver hasta qué punto puede ser frío nuestro matrimonio, ¿te parece?

Sin darle tiempo a escapar, Isobel se encontró con una mano en el duro pecho de él y las manos de Rafael acariciándole la nuca. El tiempo pareció detenerse mientras el rostro de Rafael descendía despacio, muy despacio, hasta cubrirle la boca con la suya y quemársela.

Con la otra mano, se agarró al mostrador de la cocina, lo único que podía hacer para evitar caerse. La boca de Rafael se movió hábilmente contra la suya, excitándola, saboreándola. Pronto, el beso cobró dureza, se tornó dominante. Igual que aquella noche tres años atrás.

Isobel no tenía defensas contra semejante invasión. Instintivamente, separó los labios y de la garganta de Rafael escapó un gruñido al tiempo que bajaba las manos para agarrarle el cuerpo y pegárselo al suyo.

Cuando la boca de Rafael entró en contacto con la suya, Isobel se horrorizó al oírse gemir a sí misma, pero no había podido evitarlo. El cuerpo entero parecía arderle, arqueaba la espalda buscando más proximidad aún con él, la entrepierna le palpitaba de deseo.

Rafael, de repente, le puso la mano entre los muslos y ella sintió una explosión de líquido deseo. Él le acarició la cintura, los pechos, los pezones... Movió las caderas y ella sintió su erección.

Isobel apartó la boca de la de Rafael para mirarle a los ojos, y vio su expresión burlona.

Entonces, Rafael se apartó de ella, después de demostrarle que podía manejarla, pensó Isobel con horror.

Con piernas temblorosas, Isobel se dirigió al otro extremo de la estancia. El cuerpo le picaba y le quemaba. Se volvió de cara a Rafael, sintiéndose completamente vulnerable.

–Como he dicho, no hay peligro de que nuestra unión sea fría. Te has convertido en una hermosa mujer, Isobel...

–¿La clase de mujer con la que puedes acostarte? –le espetó ella–. ¿No es eso lo que me dijiste aquella noche? Tienes suerte, ¿verdad?

–Sí, mucha –respondió Rafael–. Será una buena base para un sólido y feliz matrimonio.

Los ojos de él se pasearon por su cuerpo, acelerándole los latidos del corazón.

–Y si te preocupa que pueda no serte fiel, te aseguro que no tienes nada que temer –dijo Rafael.

De repente, la cólera volvió a invadirla.

–Repito, no quiero casarme contigo, así que no será necesario que te veas obligado a ser fiel.

La expresión de Rafael se tornó seria en ese momento.

–Y yo repito que nuestro matrimonio es inevitable,

que no tenemos otra alternativa. Vamos a casarnos. Es la única forma de que tus padres reciban el dinero estipulado. Y no olvides que el día de nuestra boda te convertirás en copropietaria de una propiedad sumamente lucrativa, una de las mayores de Argentina.

–Maldito seas, Rafael. Crees que lo sabes todo. Va en contra de todos mis principios casarme sin amor sólo por cumplir con lo estipulado en un contrato. Tiene que haber otra opción.

Rafael esbozó una dura sonrisa.

–No soy un tirano, Isobel. No voy a encerrarte en una torre de marfil.

Ella continuó luchando.

–Prefiero que me encierren en una torre a casarme con un cínico playboy de Buenos Aires que no tiene mejor cosa que hacer que exigir que nos casemos sólo por hacer honor a un antiguo acuerdo –Isobel se dio cuenta de que respiraba con dificultad–. Quiero que te vayas.

Una expresión de incredulidad cruzó la tez de Rafael.

–No tienes ni idea, ¿verdad?

–¿De qué es de lo que no tengo ni idea?

Rafael la observó con detenimiento.

–De lo mal que le va a tu padre. Últimamente hizo unas inversiones muy arriesgadas y le ha salido mal. Está al borde de la quiebra total.

–Vamos, por favor –dijo Isobel con desagrado–. Si es otra de tus estratagemas para hacerme sentir más vulnerable...

–No lo es. Su padre tiene serios problemas, Isobel. Corre el riesgo de perderlo todo.

Instintivamente, Isobel se agarró al respaldo de la silla que tenía más cerca, necesitaba apoyarse en algo. Se dio cuenta de que Rafael no podía estar mintiendo respecto a algo tan serio como eso. No necesitaba hacerlo. Trató de disimular el impacto que había causado en ella la noticia y recordó que su padre llevaba semanas sin ponerse en contacto con ella, en contra de lo que era normal en él.

—¿Cómo sabes todo esto?

El rostro de él ensombreció.

—Pareces haber olvidado lo pequeño que es nuestro mundo en Buenos Aires. Todavía no es del conocimiento público lo mala que es la situación de tu padre, pero estoy en contacto con algunos de sus acreedores y sé que su situación no es buena. Yo diría que, como mucho, lo sabrá todo el mundo en el plazo de un mes.

—Mi madre no debe enterarse. De saberlo...

—Tu madre lo sabe perfectamente. Por eso es por lo que vino a verme hace unas semanas. El futuro de tus padres depende de nuestro matrimonio, por eso se quedó sumamente aliviada cuando le dije que tenía intención de casarme contigo, que no me había echado atrás.

Isobel le miró. Estaba perpleja. El último resquicio de esperanza se desvaneció.

—Cuando nos casemos, como esposa mía, serás copropietaria de la estancia. Tus padres recibirán una considerable cantidad dinero y tu familia saldrá de apuros. Hay algo más que debes saber: el contrato dice que yo sólo tengo que pagar la mitad de lo que valía la estancia cuando se firmó el trato, pero he accedido a darles a tus padres la mitad de lo que vale en estos momentos. No es necesario que te explique que la diferencia es de muchos millones. Sin embargo, estoy dispuesto a hacerlo porque no tengo ningún deseo de que la familia de mi futura esposa tenga problemas económicos en el futuro.

Entonces, Rafael acabó de clavar el puñal.

–¿Vas a dar la espalda a tu familia cuando más te necesita? ¿Vas a negarles a tus hijos el hogar ancestral de tu abuela?

Isobel odió a Rafael por cargarla con semejante responsabilidad. Entonces, se dio cuenta de que estaba temblando.

–Sal de mi casa. Ya has dicho lo que tenías que decirme, ahora sal de mi casa.

–Isobel, no tienes elección.

–Claro que la tengo –dijo ella a la desesperada–. Siempre hay una salida. Sal de mi casa, no quiero volver a repetírtelo.

Isobel se acercó a la puerta y la abrió de par en par. Con alivio vio que Rafael se acercaba. Pero Rafael se detuvo delante de la puerta y ella trató de ignorar el cosquilleo y el calor súbito que sintió en la piel.

–Vendré a por ti mañana hacia el mediodía, Isobel. Es hora de que cumplas con tu deber. Tu destino se escribió hace mucho tiempo y está ligado al mío irrevocablemente.

–Márchate –dijo ella en tono casi de súplica.

–No tienes mucho equipaje.

Aún triste al darse cuenta de lo fácil que había sido dejar atrás tres años de su vida, Isobel trató de ignorar en la medida de lo posible al dominante varón sentado al lado de ella en el suntuoso asiento del vehículo que les estaba transportando al aeropuerto.

Apretó los dientes y tuvo una visión de la expresión de incredulidad de Rafael al verla aparecer tras abrir la puerta de su apartamento con sólo una pequeña maleta con ruedas.

–No todos necesitamos posesiones, dinero y tierras para sentirnos realizados.

–Tu actitud es digna de halago –le había respondido él con una suave risa–. ¿Tienes miedo de que te corrompa con mi estilo de vida materialista?

Isobel había cerrado la boca y así seguía mientras salían del centro de París y se metían en la anónima autopista. Se sentía tensa y sudorosa, y el corazón le daba un vuelco al más leve movimiento de Rafael. No soportaba estar pendiente de él como estaba, y se dijo así misma que era porque no le soportaba, no porque él le atrajera.

Rafael se puso a hablar por teléfono con alguien en español. Ella no logró enterarse de lo que pasaba, sólo sabía que estaban hablando de acciones e inversiones.

Rafael cortó la comunicación en el momento en que llegaron al aeropuerto.

–Vamos directamente al avión. Los de aduanas te pedirán el pasaporte ahí.

Al momento, les dieron paso libre e Isobel se vio inmediatamente entrando en un avión privado como salido de una revista. La alfombra parecía hecha de nubes. Nunca en la vida se había visto rodeada de tanto lujo.

—¿No te parece excesivo todo esto? —comentó ella.

—Comparto este avión con un grupo de hombres de negocios, uno de los cuales es mi medio hermano, mayor que yo. A veces, los horarios de los vuelos regulares no me vienen bien, y menos ahora que tengo una reunión tras otra a mi regreso a Buenos Aires. Ha sido una suerte que mi hermano estuviera en París en este momento.

El alivio que sintió al enterarse de que Rafael iba a estar ocupado casi la hizo caer sentada en el asiento que tenía a sus espaldas. Trató de disimularlo, pero no lo consiguió.

—No es necesario que demuestres tu alegría de esa manera, Isobel. Además, necesitarás tiempo para estar con tu familia y preparar la boda.

Esta vez, Isobel se dejó caer en el asiento.

—¿Vamos a casarnos el día de mi cumpleaños?

Rafael se sentó en el asiento al otro lado del pasillo. Entonces, sacó unos papeles de una cartera y un portátil.

—Sí. Tal y como está estipulado en el acuerdo.

Isobel apartó la mirada y se abrochó el cinturón de seguridad con manos temblorosas.

—No puedo creer que me obligues a hacer esto.

Con la rapidez del rayo, Rafael se puso en pie y se inclinó sobre ella, colocando las manos en ambos brazos de su asiento.

—No te estoy obligando a nada, Isobel. Una serie de circunstancias, que escapan a nuestro control, nos han unido —los labios de Rafael eran una amarga línea—. Este matrimonio se labró en piedra hace muchos años y se va a llevar acabo, tanto si te gusta como si no. Nada de cuentos de hadas, Isobel.

–De poder elegir, jamás me casaría con alguien como tú.

Los ojos de Rafael la miraron de arriba abajo.

–Sí, no es la primera vez que lo dices. Si continúas así, va a parecerme sospechosa tanta insistencia.

Rafael la miró intensamente durante unos segundos más y luego volvió a ocupar su asiento.

Demasiado turbada para pensar en ello, Isobel agarró su libro y fingió sumergirse en él mientras despegaban. No obstante, era consciente de cada movimiento de Rafael.

Capítulo 4

LA MAÑANA de agosto en que llegaron a Buenos Aires era fresca. Sintió a Rafael a sus espaldas, instándola a bajar la escalerilla del avión. Tenía que moverse. Respiró profundamente y empezó descender. Cuando pisó suelo argentino por primera vez en tres años, sintió algo intangible dentro de su ser y pensó en sus abuelos. Desgraciadamente, unas lágrimas asomaron a sus ojos.

Parpadeando para contenerlas y sintiéndose traicionada por sus sentimientos, se dijo a sí misma que se debía al cansancio... a cualquier cosa menos al hecho de que había echado de menos Buenos Aires. Entonces, Rafael la agarró del brazo y la condujo a un coche que les estaba aguardando.

Una vez acoplados en el asiento posterior del coche, Isobel le lanzó una rápida mirada y le molestó verle como si acabara de despertar de un profundo y relajante sueño, como así había sido. Al comienzo del vuelo, Rafael había trabajado un rato; después, habían comido algo y luego él se había dormido. Ella, por el contrario, no había hecho más que mirarle de vez en cuando y reprocharle en silencio tener tanta facilidad para dormir.

–¿Y ahora, qué? –preguntó ella.

—Ahora voy a dejarte en tu casa —respondió Rafael volviéndose para mirarla—. Esta noche tus padres me han invitado a cenar e iré con el anillo de compromiso. Era de mi abuela.

—Anillo de compromiso... —repitió Isobel débilmente, imaginando un enorme y ostentoso rubí rodeado de brillantes.

Rafael frunció el ceño, incapaz de imaginar el creciente horror de Isobel respecto a la rapidez con que estaban desarrollándose los acontecimientos. Rafael le agarró una mano y se la examinó, acariciándole los dedos, provocando en ella un calor que le subió por el brazo.

—Tienes los dedos finos. Es posible que haya que achicarlo, pero no creo que lleve mucho tiempo...

Isobel tiró de su mano, liberándola, y contuvo las ganas de gritarle al conductor que diera media vuelta y que volviera a llevarla al avión. Estaban casi en los alrededores de Buenos Aires y entonces ella experimentó la misma emoción que al salir del avión.

No tardaron mucho en tomar un camino que le resultaba sumamente familiar, el camino de su casa, y los portones se abrieron suavemente. Al adentrarse en el sendero, ella vio a sus padres que habían salido y estaban esperándoles delante de la puerta de la casa, con los sirvientes a ambos lados, todos uniformados, como si no fuera muy temprano de mañana.

Le sobrecogió una profunda sensación de resignación y, a pesar suyo, reconoció que estaba haciendo lo que tenía que hacer. Perderlo todo debía de haber destruido a sus padres. Aunque no se llevaran excesivamente bien, eran sus padres y les quería. Eso la hizo sentirse más vulnerable mientras Rafael salía del coche y lo rodeaba para abrirle la puerta.

Los diez minutos siguientes fueron confusos para ella, sólo era consciente del brazo de Rafael alrededor de su cintura, de la expresión agradecida de su padre y de las sinceras lágrimas de felicidad de su madre de que su hija pródiga hubiera regresado.

Entonces, Rafael se marchó e Isobel se sintió perdida unos instantes, era como si su ancla se hubiera desvanecido, lo que era una locura.

Las dos siguientes semanas fueron todo actividad. Delante de la ventana de su cuarto, Isobel captó un reflejo en el cristal que llamó su atención; y, al bajar la vista, clavó los ojos en el anillo de compromiso.

Aquella primera noche tras su regreso Rafael había ido a cenar y, tal y como le había prometido, le había entregado el anillo. Con sorpresa, ella descubrió que no tenía nada que ver con como lo había imaginado. Era un anillo pequeño y delicado, un brillante rosa tirando a morado rodeado de brillantes blancos, todo ello siguiendo un diseño art déco.

Y de nuevo, con sorpresa, vio que el anillo se ajustaba al tamaño de su dedo a la perfección.

Desde entonces había visto a Rafael sólo en un par de ocasiones, siempre con más gente alrededor. Y durante los últimos días, no le había visto, Rafael estaba en Estados Unidos en un viaje de negocios.

Los periódicos escribían artículos sobre su inminente matrimonio, y ella los leyó con enfermiza fascinación. Sin embargo, se le heló la sangre cuando leyó sobre un asunto en el que él estaba envuelto en ese momento: Rafael había ido a Estados Unidos a salvar a una empresa cuyos empleados eran, fundamentalmente, inmigrantes ilegales argentinos. Habían ido a Estados Unidos como trabajadores profesionales que no habían podido encontrar trabajo debido a la crisis económica.

Los periódicos especulaban sobre si Rafael estaba ayudando a deportar a esos inmigrantes y ayudando a la empresa a contratar a trabajadores estadounidenses. Aunque Isobel no aprobaba que la gente trabajara ilegalmente, le enfermaba que Rafael pudiera estar ayudando a que enviaran de vuelta a esa gente al lugar del que habían salido con tantas dificultades.

Rafael llamaba todos los días y, como le ocurría siempre, Isobel se estremeció al oír su voz. ¿Cómo podía afectarle de esa manera un hombre tan amoral y tan cruel?

–Estoy deseando que nos casemos, Isobel.

–Puede que, dentro de seis meses, me supliques que te conceda el divorcio, y eso no va a ser bueno para tus negocios.

–Jamás nos divorciaremos –contestó Rafael con voz dura–. Nuestro matrimonio no será un fracaso.

Con el exquisitamente sencillo vestido de novia de su abuela, Isobel, del brazo de su padre, se detuvo delante de las puertas de la iglesia. Contrario a lo que había imaginado, no estaba nerviosa. Una extraña tranquilidad se había apoderado de ella. Entonces, su padre comenzó a moverse y ella no tuvo más remedio que imitarle.

Como si hubiera sido en un abrir y cerrar de ojos, su padre la dejó junto a Rafael, que le tomó la mano para guiarla a su lado. Rafael le alzó el velo y la miró a los ojos con un inconfundible brillo de triunfo y algo muy ardiente. En ese instante, Isobel recordó la noche de su primer encuentro con él, lo que había sentido al mirarle a los ojos.

Rafael le alzó la mano y se la besó, y el cerebro se le derritió en una vorágine de calor, sensaciones y confusión. Porque en ese preciso momento, lo último que quería hacer era escapar.

La ceremonia pareció transcurrir en un instante. Sabía que debía haber dicho lo que se esperaba que dijera, pero no lo recordaba. Sólo era consciente de un frío anillo de oro y...

–Puede besar a la novia.

Isobel alzó los ojos. Rafael se le aproximó y le puso una mano en la nuca. Bajó la cabeza y ella cerró los párpados. El corazón dejó de latirle. Cuando los labios de Rafael le cubrieron los suyos, no pudo evitar un violento temblor. Como si hubiera sentido su reacción, Rafael le puso la otra mano en la cintura, atrayéndola hacia sí.

Isobel supuso que la intención inicial de Rafael había sido darle un casto beso apropiado para la ocasión; pero tan pronto como entraron en contacto, algo más poderoso que ellos escapó a su control.

Rafael la besó con pasión y ella, para vergüenza suya, sintió lo mismo. Abrió la boca, invitándole a invadirla, buscándole la lengua con la suya.

Un discreto carraspeo del sacerdote les obligó a separarse.

Al salir de la iglesia, todo pensamiento racional la abandonó. Los medios de comunicación les esperaban a la salida, los flashes de las cámaras casi la cegaron. Y una animada multitud al otro lado de la calle aplaudió. Instintivamente, ella se aferró al brazo de Rafael.

Rafael bajó la mirada e hizo una mueca antes de decirle:

—Debería haber supuesto que ocurriría esto. Sonríe y finge felicidad. Han venido para verte a ti.

Después de unos minutos, Rafael y ella bajaron la escalinata de la enorme catedral y se metieron en el coche que les aguardaba.

Después de arrancar, Isobel vio al resto de los invitados salir de la catedral. Se dio cuenta de que estaba temblando. Rafael también lo notó y le tomó la mano. Con aprensión, ella vio que dejaba de temblar. Tenía un cuerpo traicionero.

El banquete de boda será en mi casa. En Recoleta, cerca de la de tus padres.

—Ni siquiera conozco tu casa —dijo ella volviendo a temblar—. ¿Estaba tu madre en la ceremonia? Ni siquiera la conozco, ni siquiera sé si me odia.

Como si Rafael se hubiera dado cuenta de la nota de histeria en su voz, dijo en tono tranquilizador:

—Sí, estaba en la iglesia y no te odia. Mi casa no es muy diferente de la tuya. Y mi medio hermano no ha podido venir a la ceremonia, pero espera poder llegar al banquete –le estrechó la mano como si viera algo en su rostro que ella no podía ver–. Me ha parecido mejor adelantarnos para que así puedas calmarte si lo necesitas.

En ese momento, Isobel sintió la falta de una amiga íntima, alguien en quien poder confiar, alguien con quien poder hablar. Pero nunca había tenido amigas próximas. Siempre se había sentido distinta. Y ahí estaba con Rafael, y era él quien se había dado cuenta de lo que podía necesitar.

Isobel no dijo nada y retiró la mano de la de él. Al poco tiempo, llegaron al elegante barrio de Recoleta.

Cuando las puertas de la verja de la propiedad se abrieron, Isobel trató de disimular su reacción. Aquella casa a la que se aproximaban no se parecía en nada a la de sus padres. Era tan palaciega que la de sus padres, en comparación, parecía la de los guardeses.

El coche se detuvo en una explanada de grava rodeada por árboles en flor. A un lado, una hilera de coches antiguos, y ella no pudo evitar que despertaran su interés. Siempre le habían gustado los coches antiguos.

Subió los escalones de la entrada de la casa de la mano de Rafael; allí, los empleados, con uniformes blanco y negro, les esperaban. Todos se mezclaron en un amasijo de nombres y rostros mientras Rafael se los presentaba. Tan pronto aquel contacto inicial concluyó, los empleados de la casa se dispersaron y sólo el ama de llaves permaneció a su lado. Se llamaba Juanita y no parecía muy simpática.

Rafael se volvió a su esposa.

–Ven, voy a enseñarte tu habitación, ahí podrás descansar un rato. Los invitados van a ir directamente a la parte posterior de la propiedad, a la carpa donde va a tener lugar el banquete.

Esta vez, Isobel ignoró la mano que Rafael le ofrecía y se limitó a seguirle escaleras arriba. Con sorpresa, vio que de las paredes no colgaban cuadros de ilustres antepasados, sino obras de arte moderno, que supuso serían reproducciones.

Pero no pudo evitar preguntar:

–¿Es ésta la casa de tus padres?

Rafael se la quedó esperando arriba de las escaleras, con las manos metidas en los bolsillos. Estaba tan guapo que a ella no le quedó más remedio que agarrarse a la barandilla.

–No –contestó Rafael–. La casa de mis padres está en Barrio Norte, no lejos de aquí. Compré ésta hace unos diez años.

–Ah...

Al llegar al rellano, Isabel le siguió por un amplio corredor alfombrado. Al fondo, Rafael le señaló dos puertas, la una frente a la otra.

Abrió la puerta de la izquierda que daba a unos aposentos con varias habitaciones.

–Hay dos suites idénticas, cada una con un dormitorio, un cuarto de baño y un vestidor.

Isobel supuso que la suite en la que se encontraba era la de él debido a los oscuros colores y adornos varoniles. Le siguió a la otra puerta, al otro lado de un cuarto de estar con un equipo audiovisual último modelo.

Aquella otra puerta daba a otro cuarto de estar,

igual que el primero, aunque decorado en tonos más claros.

Rafael se volvió de cara a ella.

—Comprendo que todo ha ido demasiado rápido, Isobel, y entiendo que necesites estar sola y sin que nadie te moleste al principio de nuestra vida como matrimonio. Aunque espero que te acuestes conmigo, no te exigiré que compartas mis habitaciones hasta que no estés preparada.

Isobel sintió fuego en las venas, pero Rafael ya se había dirigido hacia el dormitorio de ella y no tuvo más remedio que seguirle.

Al entrar, le vio delante de la puerta de un vestidor y, al fijarse, vio que estaba repleto de vestidos y zapatos. Su vieja maleta de ruedas se hallaba en un rincón, como si nadie hubiera considerado que merecía la pena deshacerla.

Isobel se quedó boquiabierta. Se acercó.

—Considéralo tu ajuar —dijo Rafael sin darle importancia, mientras ella contemplaba con horror aquel montón de ropa de diseño.

De nuevo, se apoderó de ella la sensación de haber sido comprada. Y enfureció.

—¿Cómo te atreves?

—¿Como me atrevo a qué, Isobel? ¿A comprarle ropa a mi esposa? —Rafael apretó la mandíbula.

Isobel estaba temblando.

—¿Cómo te atreves a comprarme un montón de ropa que va a ir a parar a la basura? No me pongo ropa de diseño. ¿Cómo te atreves a suponer que voy a acostarme contigo? ¿Cómo te atreves a concederme tiempo hasta que esté preparada? Voy a decirte una cosa: jamás estaré preparada. Y en cuanto a...

Dejó de hablar en el momento en que la boca de Rafael le aplastó la suya al tiempo que la abrazaba. Ella puso las palmas de las manos en el pecho de Rafael con intención de empujarle al principio. Luchó contra la inevitable reacción de su cuerpo, a pesar de que quería rendirse. Pero no podía, había demasiado en juego.

Se puso tensa y cerró la boca. Rafael continuó seduciéndola y excitándola, y tras unos segundos de tortura, el deseo debilitó su resolución. El cuerpo volvía a traicionarla.

La boca de Rafael se posó en su garganta, en su nuca... Ella echó la cabeza hacia atrás. Unas grandes manos le moldearon el cuerpo, acariciándole las curvas. De repente, el vestido de novia le apretaba por todas partes. Sin saber cómo lo había conseguido Rafael, sintió una cosa suave en la parte posterior de las piernas y, de repente, fue como si el mundo se volviera del revés. Cayó encima de la cama, mortificada al ver a Rafael, aún inmaculadamente vestido, de pie y mirándola de arriba abajo. Con poca elegancia, se sentó en la cama.

Rafael lanzó una mirada en dirección al vestidor.

—Lo de la ropa no está abierto a discusión. Te pondrás esa ropa aunque tenga que ponértela yo mismo. No voy a permitir que me dejes en ridículo llevando esa ropa de rastrillo que llevabas en París.

Isobel se dio cuenta de que el velo se le había caído por alguna parte y volvió a sentirse humillada, aún incapaz de ponerse en pie debido a que temía que las piernas le fallaran.

Abrió la boca, pero Rafael le impidió pronunciar palabra.

—Podría hacer que vaciaran estas habitaciones hoy mismo e insistir en que te instalaras en mis aposentos, pero voy a darte tiempo para que te hagas a la idea de que tienes una nueva vida.

Entonces, Rafael se acercó y le puso una mano en el cuello, una mano que le quemó la piel.

—Y sí, Isobel, vas a acostarte conmigo, en el momento en que yo quiera y como yo quiera. Acabas de demostrarme que me deseas tanto como yo a ti. Sin embargo, creo que tu falta de experiencia hará que contenerte te resulte a ti más difícil que a mí...

Furiosa, Isobel le apartó la mano de un manotazo. Con alivio, vio que Rafael daba un paso atrás.

—No creas que lo sabes todo, Rafael. El hecho de que no tuviera novio en París no significa que no haya tenido amantes.

En ese momento, la idea de que Rafael sospechara que aún era virgen la horrorizaba. ¿Podía llegar a creer que le había estado esperando? ¿Lo había hecho inconscientemente?

Con fingido desdén y mirándole de abajo arriba, Isobel añadió:

—Quizá no tenga tu indiscriminada experiencia, pero la cantidad no significa calidad.

Rafael lanzó una peligrosa carcajada. Por primera vez en los últimos minutos, Isobel volvió a respirar.

—Te dejaré para que te recompongas un poco, necesitas maquillaje para rebajar el rubor de tus mejillas. La gente va a creer que hemos empezado con antelación la noche de bodas.

Con calma, Rafael se acercó a la puerta. Allí, se volvió.

–El fotógrafo estará listo pronto. En cuanto bajes, nos haremos las fotos y acabaremos con eso. Te espero abajo.

Rafael salió del cuarto y cerró la puerta tras sí.

Isobel se dirigió a su nuevo cuarto de baño. Rafael había estado en lo cierto, tenía las mejillas encarnadas, los ojos demasiado brillantes y los labios hinchados por el beso. Lanzó un gruñido de asco y luego se echó agua fría en el rostro. A continuación, fue a por su neceser y se retocó el maquillaje.

Lo peor era que sabía que, de no ser porque Rafael había parado, habrían consumado su matrimonio, virgen o no virgen.

Delante de la ventana de su estudio, Rafael contempló la explanada de césped y los caminos que la cruzaban y por los que ya caminaban algunos invitados en dirección a la carpa hermosamente decorada que se había levantado para la celebración del banquete. Podía oír los acordes de la música mientras los camareros recibían a los invitados con copas de champán. La boda se había celebrado a primeras horas de la tarde, así que el sol empezaba a ponerse en el horizonte, tiñendo el cielo de rosa.

Cuando oscureciera un poco más, se encenderían las linternas colgadas de las ramas de los árboles.

Era una boda perfecta, tal y como él había imaginado que sería. Y en ese momento se dio cuenta de una cosa: a pesar de no haber tenido opción, sabía que Isobel era la mujer perfecta para él. Lo sentía en los huesos. Llevaba tres años sintiéndolo.

En la habitación, había sido incapaz de contenerse y la había estrechado en sus brazos. Y había visto la forma como Isobel había presentado resistencia para luego derretirse en sus brazos y besarle apasionadamente, como ninguna mujer sin experiencia podía besar. Y eso le había hecho recuperar el sentido.

Isobel sabía lo que se hacía. Pero él estaba acostumbrado a mujeres manipuladoras, había estado con la más profesional: su antigua prometida.

Prácticamente, Isobel había admitido no ser virgen; por lo tanto, esa supuesta timidez y la facilidad que parecía tener para ruborizarse eran puro teatro, una artimaña para hacerle perder el control y para tratar de dominarle. ¿Tenía acaso trazado un plan para obligarle a buscar los brazos de otra mujer con el fin de verse con la excusa perfecta para pedir el divorcio?

Su boca endureció. No le permitiría salirse con la suya. Sería él quien triunfara cuando Isobel estuviera debajo de su cuerpo, jadeante y suplicándole que la poseyera.

Se oyeron unos golpes en la puerta y, al volverse, se encontró con una Isobel de aspecto más pálido y ligeramente rebelde en el umbral de la puerta.

—Juanita me ha pedido que te dijera que el fotógrafo está fuera, esperando. Dice que se está yendo la luz...

Controlando la súbita oleada de deseo, Rafael se dirigió hacia su esposa pensando que, una vez que la hubiera domado, podrían disfrutar de una muy agradable vida juntos.

Capítulo 5

UNAS horas más tarde, Isobel estaba agotada. Le dolía la cara de tanto sonreír y la mano de estrecharla. Rafael había estado con ella en todo momento. Después de la sesión de fotos con sus padres y su suegra, que había estado simpática con ella, Rafael, sus padres y ella se habían reunido en el estudio de su marido con los abogados de las partes interesadas.

Había sido entonces cuando la sordidez de su matrimonio la había golpeado. Con dureza.

Rafael había entregado a sus padres un cheque con una cifra astronómica estampada en él, y habían firmado un contrato que establecía que el trato estaba zanjado, que se habían cumplido todos los términos y condiciones.

A ella le había repugnado la falta de vergüenza y la avaricia que habían mostrado sus padres. Sólo les importaba el dinero, no el hecho de que su hijo se hubiera visto obligada a casarse sin amor. Se sentía completamente sola.

Y distante.

Aún no había asimilado el hecho de ser la copropietaria de la vasta propiedad de su abuela. Ni tam-

poco que sus padres no iban a volver a pasar problemas económicos. Ni que ahora estaba casada con un
hombre por el que muchas mujeres la habían mirado
con rencor y celos durante la fiesta. Ella quería gri-
tarles la verdad, que su matrimonio era un fraude y
que podían hacer con él lo que quisieran. Sin embargo, lo cierto era que todas esas mujeres suponían
que su matrimonio era un matrimonio de conveniencia. La unión de dos grandes familias. ¿El amor? A
nadie le importaba eso.

En ese momento, se le erizaron los pelillos de la
nuca. Era una respuesta extrasensorial a la proximidad de Rafael, que la había dejado sola unos minutos.
Le vio abriéndose paso entre la multitud acompañado
de otro hombre alto y moreno. Cuando estuvieron
más cerca, fue cuando notó el parecido. Los dos qui-
taban la respiración de guapos.

–Isobel, quiero presentarte a Rico Christofides, mi
hermano mayor.

Su sorpresa fue inmensa. No tenía idea de que el
famoso industrial griego fuera el medio hermano de
Rafael. Los dos se parecían en muchas cosas; sobre
todo, en la altura y la constitución física, pero Rafael
tenía los ojos oscuros, mientras que los de Rico eran
grises. Y directos. Había algo insoportablemente duro
en los rasgos de su rostro, algo que la sorprendió;
algo que, en comparación, hacía parecer a Rafael incluso débil. Y no quería pensar que Rafael era débil.
El hombre sobre el que había leído mucho en los periódicos no tenía nada de débil.

Le ofreció la mano.

–Encantada de conocerte.

–Lo mismo digo –él le estrechó la mano y ella sólo sintió el frío e impersonal gesto.

El hermano de Rafael no le producía el mismo efecto cataclísmico. Casi sintió desilusión, ya que había esperado que no sólo fuera Rafael quien la desequilibrara.

–Unos asuntos de negocios en Europa me han detenido, por eso no me ha dado tiempo a llegar a la ceremonia –dijo Rico a modo de disculpa.

Rafael se había acercado a ella, pegándose a su cuerpo. Automáticamente, ella se había puesto tensa.

–Me alegro de que hayas conseguido llegar al banquete.

Rico lanzó una burlona mirada a Rafael.

–Permitidme que os felicite y os desee suerte, pero no esperéis que os invite pronto a mi boda. A mí no se me pesca tan fácilmente.

Isobel contuvo la ira tras la evidencia de la insufrible arrogancia de los miembros de esa familia. Le dio un codazo a Rafael cuando éste fue a estrecharla contra sí y luego sonrió dulcemente a Rico.

–Créeme, después de hoy, yo tampoco quiero saber nada de bodas.

Rico echó la cabeza hacia atrás y lanzó una carcajada. Después, sacudiendo la cabeza, le dijo a Rafael:

–Creo que has encontrado a tu igual, hermanito.

Su madre apareció entonces para saludar a su hijo mayor y casi pudo palparse la tensión entre los tres. Supuso que Rafael y Rico se llevaban bien y se respetaban, aunque también parecía haber cierta fricción. No pudo evitar preguntarse cuál sería la historia de esa familia, quién era el padre de Rico y cuál era el motivo de que Rico no se hubiera hecho cargo del negocio de Romero.

Después de unos minutos de conversación, la madre de Rafael se disculpó, alegando cansancio, y se marchó. Muchos de los invitados ya se habían ido y Rico se alejó para hablar con una deslumbrante mujer.

Rafael le siguió la mirada y le dijo:

—De ser tú, no le seguiría. Mi hermano tiene fama de mujeriego.

Isobel lanzó un delicado gruñido y miró a Rafael, tratando de que su dinamismo no le afectara. Pero ya se había quedado casi sin respiración.

—No creo que tenga más fama que tú.

Rafael se colocó frente a ella, le agarró una mano y se la llevó a los labios.

—Pero ahora soy un hombre nuevo, un hombre felizmente casado que sólo tiene ojos para su mujer.

Sabía que no era verdad, pero no pudo evitar desear que sí lo fuera. Estaba tan disgustada consigo misma por su reacción que apartó la mano bruscamente.

—Estoy muy cansada. Creo que me voy a la cama.

Rafael la miró fijamente.

—Y yo.

El pánico se apoderó de ella.

—Sola.

La expresión de Rafael se endureció, sus ojos se hicieron negros. En ese momento, Isobel se dio cuenta de que se había equivocado al pensar que Rafael era más débil que su hermano. Podían ser gemelos.

—Eres mi esposa, Isobel, y vamos a acostarnos juntos. Nuestro matrimonio va a ser un matrimonio de verdad, tanto en la cama como fuera de ella. Y ahora... ¿vas a despedirte de nuestros invitados y a salir de aquí con dignidad o prefieres que te cargue sobre mis hombros y te lleve como un saco de patatas? La segunda opción tiene un toque romántico y dará que hablar. En fin, tú decides.

Isobel alzó la barbilla y miró a Rafael con una frialdad que no tenía nada que ver con sus nervios.

–No eres Tarzán, no tienes que llevarme a cuestas a ninguna parte.

–Es una pena. Esperaba que me dieras una excusa para hacerlo.

En cuestión de minutos, la había paseado por toda la carpa para despedirse de los invitados que quedaban, incluido Rico, que ahora tenía a la hermosa mujer aferrada a él y mirándole como si le hubiera tocado la lotería. El brillo de avaricia de sus ojos era inconfundible.

En ese momento, Isobel se dio cuenta de cómo un hombre como Rafael podía hacerse tan cínico. Y entonces, agarrándola de la mano con fuerza, Rafael la guió por el jardín y la llevó a la casa.

Un profundo pánico se apoderó de ella mientras se acercaban a las puertas del dormitorio.

Rafael abrió la puerta de sus aposentos. Después, se volvió hacia ella y la tomó en sus brazos.

–¿Qué haces?

Como si no sintiera su peso, Rafael contestó:

–Cruzar el umbral de la puerta contigo en los brazos.

Y eso fue lo que hizo antes de dejarla en pie al otro lado de la puerta.

La cama de Rafael era enorme y amenazante, a pocos metros de la puerta, que Rafael cerró de un puntapié.

Isobel retrocedió y se quedó mirando a Rafael mientras se desabrochaba la camisa y enseñaba un bronceado pecho salpicado de un vello negro rizado. Alzó una mano y dijo con voz ahogada por el miedo:

—Espera, para...

Rafael se quedó quieto, con las manos en un botón. Una intensa irritación se mezclaba con su deseo. Lo único que podía ver era a Isobel, delante de él, pálida y con los hombros desnudos, y la delicada curva del inicio de sus pechos que mostraba el escote del vestido de novia. Algo llamó su atención y, al bajar la mirada, vio que Isobel se estaba frotando las manos nerviosamente.

Respiró hondo, sintiendo que la satisfacción de su deseo iba a retrasarse. Sospechó que su esposa estaba jugando con él.

—¿Qué pasa, Isobel?

Vio que la acostumbrada actitud envalentonada de ella había desaparecido. De repente, Isobel le pareció muy joven. A pesar del maquillaje, le notó las ojeras. Sintió un nudo en el estómago, pero lo ignoró. Isobel estaba haciendo teatro, eso era todo. Estaba viendo si podía dominarle. Pero no iba a permitirle que le notara lo mucho que la deseaba.

Isobel se mordió el labio, le miró y apartó la mirada. Más preocupado que irritado ahora, dijo:

—Isobel...

—Yo... lo digo en serio, quiero dormir sola. Todo ha sido tan rápido... casi ni te he visto desde que volvimos a Argentina. Hace apenas dos semanas yo estaba viviendo en París. Y ahora... es demasiado.

Isobel se obligó a mirarle. No podía hacer eso, no podía permitirle a Rafael que la llevara a la cama de esa manera. Y por muchas razones; entre ellas, la forma como respondía a Rafael, lo confusa que él la hacía sentirse, y la necesidad que sentía de poder controlarse para soportarlo. No, en ese momento, no podía. Le aterraba que Rafael la tocara y le quitara el sentido. Lo había hecho en la iglesia con un beso. Y al volver a besarla en la habitación la había hecho querer rendirse completamente.

Rafael se limitó a mirarla con expresión ilegible. Por fin, soltó el aire que había estado conteniendo y se pasó una mano por el cabello. La tensión era espesa.

–No tengo la costumbre de forzar a las mujeres, Isobel, y no tengo intención de hacerlo por primera vez con mi esposa. Si eso es lo que quieres, acuéstate en tu cama.

Isabel le miró asustada, no se fiaba de él. Rafael se metió las manos en los bolsillos y se le movió un músculo de la mandíbula.

Sintiendo que estaba perdiendo los estribos, Isobel retrocedió hasta la puerta que daba a sus aposentos.

–Gracias.

Pero cuando llegó a ella, se dio cuenta de que antes del banquete, al salir de ahí, la había cerrado con llave. Ruborizándose, no le quedó más remedio que pasar junto a Rafael para entrar por la puerta principal.

Mientras caminaba, oyó la voz burlona de él:

–No es necesario que cierres con llave, Isobel. Pronto me recibirás con los brazos abiertos.

Isobel tenía la mano en el pomo de la puerta y el corazón le golpeaba el pecho cuando oyó a Rafael pronunciar su nombre. Con la espalda muy derecha, se puso tensa, más aún al sentir la presencia de él a su espalda. El pánico la hizo tambalearse. ¿Había cambiado de idea Rafael?

Comenzó a darse la vuelta, para rogarle si era necesario, pero las palabras no salieron de sus labios al sentir las manos de Rafael en la parte de arriba de la espalda del vestido. No podía moverse.

—Me parece que no vas a poder quitarte el vestido tú sola, deja que te ayude...

Sin poder hablar y ardiendo, sintió las manos de Rafael en la cremallera, bajándosela hasta rozarle la sensible zona justo encima de las nalgas. Aún tenía una mano en el pomo de la puerta, con la otra se sujetó la parte delantera del cuerpo del vestido. Logró emitir un sonido ahogado y abrió la puerta.

Al salir, oyó una suave y carcajada. Cerró la puerta de su habitación y se apoyó en ella, sintiendo una extraña desazón en el bajo vientre. Era una desazón en la que no quería pensar y que ignoró con decisión mientras se desnudaba y se acostaba.

Se despertó bruscamente, el sonido de una bandeja al lado de la cama. Se incorporó hasta sentarse sin saber dónde estaba. Pronto lo recordó todo, al ver la amarga expresión de Juanita, el ama de llaves, mientras descorría las cortinas y dejaba entrar el sol en la habitación.

—Buenos días —dijo Isobel débilmente.

Juanita la ignoró y, al llegar a la puerta, se volvió.

–Su marido está en el comedor. Esperándola.

Sin más, Juanita se marchó. En la bandeja había llevado un vaso de zumo de naranja. Decidió no ignorar a Rafael, no quería discutir con él.

Después de una ducha rápida, se puso sus propios pantalones vaqueros y una gastada camiseta. Bajó al comedor llevando la bandeja. Encontró el comedor al ver a Juanita salir por una pesada puerta de madera de roble. El ama de llaves apenas reconoció su presencia, sólo le agarró la bandeja y, con un gesto con la cabeza, le indicó la puerta.

Isobel entró y vio la impresionante espalda de Rafael. Se sentó a la derecha de él e ignoró el cosquilleo del estómago. De haber poseído más control, quizá ahora fueran marido y mujer de verdad.

Rafael estaba leyendo un periódico y bebiendo café. Isobel evitó sus ojos y se colocó la servilleta en el regazo.

–Buenos días –dijo ella mientras agarraba un cruasán . Creo que no le caigo bien a tu ama de llaves.

–Tonterías. En el fondo, es muy romántica y no creo que se haya hecho ilusiones respecto a nuestro matrimonio.

Evidentemente, Rafael se estaba refiriendo a haber dormido en camas separadas la noche anterior. Entonces, volvió a centrar su atención en el periódico, dejándola a solas con sus contradicciones. Ella mordió el cruasán y lo masticó sin saborearlo.

Después de un par de minutos de silencio, Rafael dejó el periódico y clavó esos oscuros ojos en ella, haciéndola ruborizar.

–Sabía que debería haberle pedido a Juanita que tirara tu ropa.

Isobel abrió la boca para protestar, pero no logró decir nada. Rafael continuó:

–Nos vamos de luna de miel dentro de dos horas. Le diré a Juanita que haga tu equipaje. Ya te lo he dicho, Isobel, no quiero que me dejes en ridículo ni que nuestro matrimonio sea el hazmerreír de todo el mundo.

–¿Luna de miel? –preguntó ella con temor, conjurando imágenes de playas desiertas y enormes casas de campo... y ellos dos solos.

–No te preocupes, no soy lo suficientemente masoquista para que acabemos los dos solos en una isla desierta. Me ha parecido que te gustaría ver la estancia Paraíso y a mí no me vendría mal echarle un ojo para ver cómo van las cosas. Hace un par de meses que no me paso por ahí.

¿Qué podía decir ella? Le encantaría ver la estancia.

–Sí, por supuesto. Me parece bien, me gustaría ir.

Pensó en sus abuelos y le invadió la nostalgia, lo que la hizo clavar los ojos en el plato. Rafael la había sorprendido. No se le había ocurrido que él pudiera haberla estado esperando. Sus propios padres siempre se habían mostrado distantes el uno con el otro, casi nunca hacían cosas juntos, a excepción de cenas formales y asistir como pareja a acontecimientos sociales.

Después de unos minutos, Rafael se disculpó y fue arreglar sus cosas antes de marcharse, dejándola ahí. Ella, moviéndose automáticamente, se levantó de la mesa y empezó a recogerla. Pero Juanita entró y la detuvo.

–No es preciso que se moleste con eso –dijo Juanita.

–De acuerdo –contestó Isobel con firmeza–. Pero tampoco es preciso que me haga el equipaje, Juanita. Puedo hacerlo yo misma.

La mujer asintió y se puso a recoger.

Isobel subió a su habitación, se quedó mirando su ropa, pero recordó la amenaza de Rafael de vestirla él mismo. Tembló y, con desgana, metió su ropa en el armario. Con sorpresa, se dio cuenta de que la mayoría de la ropa nueva se ajustaba bastante a su gusto.

Mientras se preguntaba si Rafael habría ayudado a elegir esa ropa, se puso unos pantalones cómodos y una camiseta clásica de color blanco. Como estaban en Buenos Aires, en mitad del invierno, hacía fresco, aunque no podía compararse con Europa.

Al bajar con su bolsa, un hombre mayor y sonriente se la llevó a un lujoso Range Rover. Ella salió fuera y respiró profundamente, y entonces vio algo que el día anterior había llamado su interés: los coches antiguos a un lado de la explanada.

Se acercó y el pulso se le aceleró al fijarse en uno en particular. Lo rodeó y lo tocó con reverencia.

–Es un Bugatti de mil novecientos cincuenta y uno.

Isobel dio un sobresalto. ¿Cómo había hecho eso Rafael? ¿Cómo se le había acercado sin que ella lo notara? Le miró y notó que iba vestido con unos vaqueros y una camiseta. El corazón le golpeó el pecho y, esta vez, no tenía nada que ver con el coche. Desvió la mirada.

–Lo sé. Sólo hay ocho coches así en el mundo –y cada uno de ellos valía una auténtica fortuna.

Rafael arqueó las cejas.

—Me dejas impresionado. ¿Te gustan los coches antiguos?

Isobel asintió.

—Lo heredé de mi abuelo, a él le volvían loco. Le gustaba éste en particular, me lo enseñaba siempre que aparecía en alguna revista —Isobel sonrió—. A los doce años, le prometí que algún día, cuando fuera mayor, ganaría el dinero suficiente para comprarme uno.

—Parece que tu abuelo era un hombre interesante.

—Lo era.

—Bueno, será mejor que nos pongamos en marcha ya. Son cuatro horas de viaje y quiero llegar antes de que anochezca.

Mientras Rafael sorteaba el tráfico de la ciudad de Buenos Aires, a Isobel le sorprendió la pregunta que él, de repente, le hizo:

—¿Dónde aprendiste a bailar el tango?

Ella le lanzó una fugaz mirada, pero Rafael miraba hacia delante. Por fin, contestó:

—Mis abuelos me querían mucho. Mi abuela empezó a enseñarme a bailar el tango cuando yo era muy pequeña y, después de morir, era mi abuelo quien solía bailar conmigo —entonces, le miró con curiosidad—. En París me comentaste que tu abuela os llevó a tu hermano y a ti a las milongas, ¿no?

Rafael la miró de soslayo y sonrió, y la sonrisa la hizo contener la respiración.

—Sí, le encantaban... a pesar de que, cuando ella

era joven, el tango no se consideraba apropiado para la gente de su clase. Solía llevarnos y hacer que sus amigos nos enseñaran a bailar.

Isobel asintió.

–A mis abuelos les pasó lo mismo, pero solían bailar cuando estaban solos. ¿Así que es así como aprendiste el estilo milonguero viejo, igual que mi abuelo?

Rafael asintió.

Isobel se recostó en el respaldo del asiento. Estaba bajando la guardia, a pesar de que, en parte, no podía creer que le fuera tan fácil hablar así con Rafael.

–Solía observarles cuando bailaban. Me parecía lo más maravilloso del mundo –sonrió débilmente–. Me sentía una mirona, era como espiar algo increíblemente íntimo.

Un cínico humor tiñó la voz de Rafael cuando dijo:

–Donde tú veías vallas pintadas de blanco, rosas al lado de la puerta y verdadero amor, yo veía un modo de impresionar a las chicas guapas. Eres realmente romántica, ¿verdad, Isobel?

Isobel le lanzó una rápida mirada y se cruzó de brazos. Luego, volvió el rostro y cerró los ojos...

Se despertó cuando él la movió suavemente y pronunció su nombre con una seductora y ronca voz.

–Isobel, despierta. Ya hemos llegado.

Isobel se incorporó en el asiento. Se sentía vulnerable por haberse quedado dormida al lado de él. Se pasó una mano por el cabello, sintiéndose desorientada.

—¿He estado dormida durante todo el camino?

Rafael asintió mientras la contemplaba con intensidad.

—Más o menos. Te has dormido cuando salíamos de Buenos Aires.

—Lo siento. Tú también debes de estar cansado.

Rafael arqueó las cejas con expresión incrédula.

—¿Te preocupas por mí, Isobel?

Por suerte, unas personas se aproximaron al coche y Rafael se volvió hacia ellos. Un hombre sonriente le abrió la puerta y ella salió, devolviéndole la sonrisa.

Fue entonces cuando se dio cuenta de dónde estaban y de que estaba respirando aire puro. Rafael pidió que les llevaran las maletas a la casa.

Rafael se colocó a su lado y miró en la dirección en la que ella había clavado los ojos.

—Estamos al pie de las Sierras Chicas. Te acuerdas, ¿verdad?

Isobel sacudió la cabeza.

—Casi no me acuerdo. Sólo vine aquí un par de veces de pequeña. Creo que a mi madre le parecía que esto estaba demasiado lejos de Buenos Aires. Luego, mi abuela murió, cuando yo tenía seis años, y no volví nunca —miró a Rafael—. Debió de ser entonces cuando mi abuelo vendió la propiedad.

Rafael asintió.

—Fue un par de años después de eso.

Evitando mirar a Rafael, Isobel giró sobre sus talones y contempló la sencilla belleza y elegancia de la estancia, con sus muros color crema y el tejado de teja. Era una casa de una sola planta de estilo colonial, unas columnas le conferían cierto aire de grandeza.

–Es de mil ochocientos treinta y tantos, pero se le han añadido extensiones a lo largo de los años –Rafael señaló una que parecía bastante distinta al resto, pero que curiosamente encajaba bien–. Esa parte es de estilo neoclásico italiano, quizá de finales del siglo XIX.

–Es preciosa –murmuró ella con voz ronca–. Se me había olvidado lo bonita que es.

El terreno que rodeaba la casa era verde y frondoso. Isobel pudo ver lo que parecía un lago rodeado de árboles, hacia la parte posterior de la estancia. De repente, una oleada de tristeza la invadió al pensar en los años que habían perdido aquello. No le extrañaba que su abuelo hubiera querido recuperar la propiedad, perderla debía haberle llevado al borde de la desesperación.

–Y ahora esto es tan tuyo como mío.

Isobel guardó silencio. La realidad la sobrecogió. Por suerte, Rafael no pareció esperar una respuesta y comenzó a caminar hacia la casa. Ella le siguió.

–Ven, te enseñaré la casa.

Una hora más tarde, cuando Rafael la llevó al impresionante salón, la cabeza aún le daba vueltas. Dos suites individuales, un comedor digno de reyes... y una cocina que muchos hoteles de cinco estrellas envidiarían. Un salón formal y uno más informal con televisor, equipo de sonido y estanterías llenas de libros.

Sin ser consciente del conflicto interno de ella, Rafael salió fuera otra vez. Ella le siguió hasta el coche y subió a él cuando Rafael le sostuvo la puerta. Fueron por un camino de tierra oculto entre la maleza y salieron a una explanada donde esperaba un helicóptero.

Isobel temía no poder asimilar nada más, pero Rafael ya le había abierto la portezuela del coche y esperaba a que saliera mientras las hélices del helicóptero se ponían en marcha.

—Me ha parecido la mejor manera de que te hagas una idea de lo que es esta propiedad. Tenemos tiempo antes de que se haga de noche.

Al poco, estaba en el helicóptero, elevándose. Era la primera vez que ella iba en helicóptero y se aferró a los brazos del asiento. Se comunicaba con Rafael vía cascos y micrófono, y mientras sobrevolaban la propiedad de cincuenta mil hectáreas, él le señaló la zona para jugar al polo y los establos, la región donde estaba el ganado y la zona dedicada al cultivo agrícola. Aquello no parecía tener fin.

Isobel sintió náuseas.

—¿Te pasa algo? —le preguntó Rafael.

Isobel sacudió la cabeza. Rafael hizo una señal al piloto y éste giró el helicóptero y comenzó el camino de regreso. Tan pronto como aterrizaron, Isobel salió del aparato dando traspiés.

Rafael la sujetó y la levantó en sus brazos.

—¿Qué te ocurre?

Isobel tenía miedo de hablar por si vomitaba al hacerlo. Respiró hondo varias veces, sintiéndose mareada y sudorosa.

—Es... es demasiado.

La diferencia entre la sencilla vida que había lle-

vado en París y aquélla le resultaba difícil de asimilar.

Cuando Isobel salió de su habitación al cabo de
un rato, sentía un nudo en el estómago. Por suerte, una
mujer la había conducido a su propia habitación, por
lo que parecía que no se esperaba de ella que estuviera en la misma que Rafael. No obstante, no logró
sentirse mejor.

La mujer volvió a aparecer y, con timidez, la condujo a una terraza en la parte posterior de la casa. Llevaba unos pantalones de estilo suelto y una blusa del
mismo estilo. Se sentía tapada y segura, no era consciente de la forma provocativa como aquella ropa le
caía por el cuerpo.

Se estremeció al ver a Rafael con las manos en los
bolsillos y la mirada en el hermoso lago al fondo de
la zona de césped. De repente, se dio cuenta de que,
en aquel hermoso lugar, ella no era más que un trofeo
que iba a reunirse con su poderoso y rico marido para
tomar unas copas antes de la cena y vestida para agra-
darle a él.

La escena le recordaba tantas otras que había pre-
senciado durante la adolescencia que casi sintió náuseas, porque sabía que todo era una fachada.

Rafael se volvió y las vio.

−¿Una copa?

Isobel asintió.

−Agua mineral con gas, gracias −¿qué tenía ese
hombre que le impresionaba tanto?

Aceptó el vaso con cuidado de no rozarle, bebió

un sorbo y se colocó en un lugar desde el que ella también podía ver el lago. La náusea pareció volver. Le dio frío. Ahora veía lo fácil que le había resultado todo a Rafael. Él había decidido que quería una esposa apropiada y el acuerdo había dictado que tenía que ser ella. Rafael estaba contento porque había logrado la respetabilidad y estabilidad que necesitaba. Pero ella... no tenía nada, ninguna de las cosas que le habían ilusionado.

Notó que Rafael la estaba mirando; entonces, él dijo con voz tensa:

—No sería tan terrible sonreír, Isobel. Al fin y al cabo, eres la feliz esposa.

—¿De qué serviría? —preguntó ella con voz quebrada, y se volvió para mirarle—. Es decir, ¿qué sentido tiene? Aquí nadie nos ve. En Buenos Aires era necesario, pero... ¿aquí?

Se estaba poniendo muy nerviosa y los ojos de Rafael brillaron peligrosamente.

—Me importa a mí, Isobel. Me importa nuestro matrimonio. Creo que puede funcionar, que podemos acoplarnos el uno al otro, pero no lo conseguiremos si tú te empeñas en comportarte como si estuvieras en un funeral. Ahora, ésta es tu vida. Tienes que hacerte a la idea.

Rafael miró a la mujer que estaba a su lado y el deseo le invadió, endureciéndole el cuerpo. Isobel parecía un elfo, toda ella miembros estilizados y luces y sombras. Estaba muy tensa. Le sorprendía lo fácil que le resultaba interpretar hasta el mínimo gesto de ella cuando ninguna otra mujer había provocado esa habilidad en él. Ni siquiera Ana, la única mujer de la que creía haber estado enamorado. Sus labios formaron una dura línea al pensar en cómo le había humillado su antigua prometida.

–Yo nunca he pedido nada de esto –dijo Isobel con voz débil.

Rafael apretó la mandíbula.

–Yo tampoco, ¿o es que no te habías dado cuenta?

Isobel volvió a sentir una náusea. Claro que Rafael no se habría casado con ella de haber tenido elección, por bien que le hubieran salido a él las cosas. De repente, no sintió consuelo al pensar en la posibilidad de que a Rafael le gustara tan poco como a ella encontrarse en esa situación.

Isobel, con manos temblorosas, dejó el vaso de agua.

–Podrías divorciarte de mí, Rafael. No quieres estar casado conmigo. No me amas.

Rafael le agarró la muñeca y tiró de ella hacia sí.

–Naturalmente que no te amo. Esto no tiene nada que ver con el amor. Y te equivocas, me alegro de que seas mi esposa. Ya te lo he dicho en alguna otra ocasión, no vamos a divorciarnos. Así que, si has trazado algún plan para librarte de mí, olvídalo. ¿Acaso crees que, si juegas conmigo, si me excitas y luego, en el último momento, me rechazas, voy a ir a buscar refugio en los brazos de otra mujer y así darte oportunidad y excusa para pedir el divorcio?

Isobel sintió una gran confusión, y no comprendió tampoco el dolor que le produjo pensar en Rafael en los brazos de otra mujer.

–¿Qué dices?

Los labios de Rafael eran una firme línea.

–Digo que veo en tus ojos que me deseas. Pero alegas que necesitas tiempo... como si no supieras lo que haces. No tienes poder sobre mí, Isobel, no vas a dominarme. Ninguna mujer lo tiene. La única razón por la que he cedido es porque he querido. Los dos sabemos que la pasión te consumirá en el momento en que te toque.

Isobel se apartó de él, dándose cuenta de que estaban muy cerca. Pero Rafael no la soltó y ella guardó silencio, no podía hablar, estaba como hechizada. ¿A qué se había referido Rafael? Jamás se le ocurriría jugar con un hombre. De nuevo, los ojos de Rafael la mantuvieron cautiva.

–Ha llegado el momento de que te olvides de los sueños románticos, Isobel. Yo soy el único hombre con el que vas a casarte, así que emplea tu energía conmigo. ¿Es que se te ha olvidado que sin nuestro matrimonio tus padres se enfrentarían a la ruina y al ostracismo social?

Esas palabras se le clavaron como un puñal. Entonces, por fin, se zafó de él y le lanzó una colérica mirada.

–Jamás me poseerás de verdad, Rafael. Me enfermas. Siempre has tenido lo que has querido, todo el mundo te lo ha dado. Odio lo que representas... ¡Te odio! Crees que con sólo chasquear los dedos lograrás lo que deseas. Pues bien, jamás me enamoraré de alguien como tú. En cuanto a jugar contigo e intentar dominarte...

Un brutal beso la silenció. Los brazos de Rafael la rodearon y la estrecharon con fuerza, dejándola sin la posibilidad de movimiento alguno. Despacio, empezó a reaccionar al contacto con él. Trató de permanecer tensa, de no responder, pero le resultó imposible. Sobre todo, cuando la boca de Rafael se suavizó, seduciéndola...

De repente, él era lo único que quería en ese momento. Su mundo se redujo a Rafael.

Rafael le estaba acariciando el pelo, el cuerpo... deslizó una mano por debajo de la blusa y le tocó la piel desnuda justo encima de la cinturilla de los pantalones. Los pezones se le erizaron, se le hincharon, suplicantes... Respiró trabajosamente junto a la boca de él.

Por fin, una mano de Rafael le cubrió un pecho y después, casi con brusquedad, se lo sacó de la copa del sujetador para pellizcar el pezón. Ella separó la boca de la de él para tomar aire y, entonces, rodeó el cuello de Rafael con los brazos, sin saber lo que hacía.

Sólo sabía que la sangre le hervía y que él era la única persona que podía calmarla.

Rafael bajó un brazo, le agarró una pierna y se la subió para colocarla alrededor de su cuerpo, para que ella pudiera sentir el pulsante calor de su erección. Tenía la otra mano en el pecho de ella, acariciándolo, excitándolo...

Fue entonces cuando la realidad golpeó a Isobel. Se dio cuenta de lo mucho que le deseaba y de lo fácil que a Rafael le había resultado seducirla.

Todo lo que Rafael le había dicho era verdad. Ella era débil. No tenía control sobre él. Inmediatamente, comenzó a luchar, más cuando vio la expresión triunfal de Rafael.

Rafael le soltó la pierna y, con vergüenza, ella vio que apenas podía sostenerse.

Rafael volvió a agarrar su copa y vació el vaso de un trago.

—Creo que te lo he demostrado, Isobel. La única razón por la que ahora mismo no estamos tumbados juntos es porque yo no lo he querido así. No controlas la situación. Y la próxima vez que te pongas a jugar conmigo, no voy a detenerme.

Isobel abrió la boca para protestar, pero en ese momento oyeron una tos discreta. Al volverse, vieron a un hombre uniformado que les dijo:

—Señor y señora Romero, la cena está servida en el comedor.

Capítulo 6

ESTÁS equivocada.

Isobel levantó los ojos del plato. Aún estaba asqueada, pero era consigo misma por ser tan sumamente débil.

Rafael no la estaba mirando. Sostenía una copa de vino y tenía los ojos fijos en sus rojas profundidades.

–Aunque no puedo negar que tuve una vida privilegiada, fue bastante parecida a la tuya...

Isobel parpadeó. Se lo merecía. Ella también venía de buena familia.

–Rafael, yo...

Ignorándola, él continuó:

–Mi padre, sin embargo, jugaba en la bolsa y un par de veces lo perdió casi todo, aunque lo recuperó en veinticuatro horas. En una de esas ocasiones fue por hacerle caso a tu abuelo. Y como mi padre era rencoroso, decidió vengarse; de ahí el trato respecto a la estancia. Creo que trastornó algo a mi madre. Pero así fue como mi hermano y yo aprendimos lo efímera que es la riqueza y lo fácil que es perder todo lo que tienes.

A Isobel le sorprendió oír aquello.

–¿Qué fue del padre de Rico?

Rafael bebió un sorbo de vino y la miró. Él tenía los ojos muy oscuros y duros, y parecieron penetrarla. Pero sin emoción.

–El padre de mi hermano era un magnate griego. Sedujo a nuestra madre y, cuando ella se quedó embarazada, él desapareció, volvió a Europa, y no quiso casarse con ella. Para salvar su reputación, se amañó el matrimonio de mi padre con mi madre. La familia de mi padre necesitaba estatus social y la de mi madre necesitaba casar a mi madre para que no tuviera un hijo soltera.

Rafael tensó la mandíbula antes de proseguir:

–Sin embargo, cuando Rico nació, se vio claramente que no podía ser hijo de mi padre, no se parecía en nada a él. Mi padre no pudo soportarlo y le dio por pegar a mi hermano. Y luego, cuando yo nací, también le dio por pegarme; creo que creía que yo también podía ser ilegítimo. Cuando Rico cumplió los dieciséis años, le pegó con una correa; pero le pegó con tal fuerza que hizo que Rico se volviera contra él. Rico le dijo que, si volvía a ponerle la mano encima, le mataría. Rico se marchó ese mismo día de casa, se fue a Europa a buscar a su padre.

Isobel lanzó un gemido.

–Pero tú debías de tener...

–Doce años. Mi padre no volvió a tocarme después de ese día.

Isobel sintió remordimiento.

–Rafael, siento haber dicho lo que he dicho. No tenía motivo para suponer...

–Te estoy contando esto porque estamos casados y debes saber estas cosas, pero no quiero volver a hablar de ellas nunca más.

Isobel se mordió el labio y, apresuradamente, dijo:

–¿No te parece imposible que seas feliz casándote

por conveniencia después de lo que pasó con tus padres?

Rafael censuró sus palabras con la mirada, pero ella no se amedrentó. Era su esposa y tenía derecho a saber.

–Me conformo con un matrimonio de conveniencia precisamente porque hace mucho tiempo me di cuenta de que no debía buscar amor en el matrimonio. La única clase de matrimonio que quiero es ésta. Los dos sabemos cuál es nuestro sitio, los sentimientos no van a perturbar nuestro entendimiento. Nuestra unión se basará en el respeto mutuo.

Los ojos de él la mantuvieron cautiva.

–Y en el deseo –añadió Rafael.

Isobel se dio cuenta de por dónde iba Rafael. La próxima vez que la acariciara no iba a parar, por mucho que ella negara lo que su cuerpo clamaba a gritos.

Al día siguiente por la tarde, Rafael esperaba a Isobel en el cuarto de estar para que bajara a cenar. Bebió un sorbo de whisky y le deleitó la aterciopelada suavidad del líquido bajándole por la garganta.

La noche anterior le había dejado un amargo sabor de boca, que ese día no había conseguido eliminar. No había logrado quitarse a Isobel de la cabeza y mucho menos la vulnerabilidad que había visto en su mirada mientras le había hablado de su familia. Hizo una mueca. ¿A quién quería engañar? Era él quien no tenía control. En el momento en que la tenía cerca, se volvía un animal, y le frustraba enormemente que ella le rechazara.

No lograba comprender por qué le había contado

algo que, hasta ese momento, sólo lo habían sabido su padre, su hermano y él. Ni tampoco había esperado la comprensión que había visto en los ojos de Isobel. Tanto que le había hecho decirle que jamás volverían a hablar de ello.

La noche anterior le había echado a Isobel en cara ser una romántica. ¿Cómo era posible que Isobel quisiera algo que no existía? ¿Amor? Eso era ridículo, el amor no existía.

De su padre había aprendido una cosa: no esperar nunca amor ni apoyo. Sin embargo, estúpidamente había bajado la guardia y se había mostrado vulnerable con Ana Pérez, creyendo sus mentiras y en su supuesto amor. Pero Ana sólo había sentido amor por su dinero y su estatus social. Y él jamás volvería a dejarse engañar. Ahora estaba protegido, le protegía ese matrimonio.

Oyó un ruido a sus espaldas y trató de relajarse. Se dio la vuelta. Isobel estaba en el umbral de la puerta y, en el momento de verla, la sangre le hirvió en las venas.

Pero se limitó a sonreír educadamente y vio las mejillas de ella enrojecer. Con un gesto, le indicó que entrara.

—¿Algo de beber?

Isobel se adentró en la estancia y le entraron sudores, literalmente. De forma instintiva, se había puesto una falda de seda que no le sentaba especialmente bien, se había abrochado la blusa hasta el cuello y ahora se sentía ridícula. ¡Como si la ropa pudiera protegerla de ese hombre!

Isobel asintió.

—Agua, gracias.

Antes de darle el vaso de agua, Rafael le agarró la mano y ella dio un respingo. Le miró con aprensión. Los ojos de él estaban muy oscuros.

–Hagamos las paces. Intentemos llevarnos bien. Démonos una oportunidad. Yo te estoy dejando tranquila...

Los ojos de Rafael se posaron en su cuerpo y, mortificada, sintió hincharse sus pechos, erguirse sus pezones...

–Pero te lo advierto, si vuelves a presentarte delante de mí vestida así, lo primero que haré es desnudarte y volverte a vestir. Este tipo de ropa hace que me den ganas de descubrir los secretos de tu delicioso cuerpo aún más si cabe.

Isobel sintió un calor insoportable y temió sucumbir. Liberó la mano con un esfuerzo y asintió con gesto brusco.

–Está bien. Haremos las paces –levantó la barbilla–. Y no sé por qué no te gusta esta ropa, no tiene nada de malo. Era parte del... ajuar.

Rafael lanzó un gruñido.

–En ese caso, haré que despidan a la que lo eligió. Isobel, te lo advierto, no te excedas. Estoy dispuesto a darte tiempo, pero mi paciencia no es infinita –por fin, Rafael le dio el vaso con agua y alzó el suyo–. Por nosotros, por un largo y fructífero matrimonio.

Con desgana, Isobel alzó su vaso, lo chocó con el de él y bebió sin ahogarse.

A la mañana siguiente, durante el desayuno, Isobel estaba cansada después de una noche casi en vela. Rafael, sin embargo, estaba más fresco que una rosa.

–He pensado que quizá quieras acompañarme hoy, tengo que echar un vistazo por la propiedad. Podríamos ir a caballo.

Isobel empalideció al pensar en la enormidad de la propiedad y, al dejar la taza de café, casi se le cayó. Entonces, lanzó una rápida mirada a Rafael.

–No sé si estoy...

Pero él la interrumpió:

–Tendrás que hacerte a la idea alguna vez. Siento haberte exigido demasiado el primer día durante el viaje en helicóptero, me di cuenta de que tuvo que ser excesivo para ti. Pero quizá, a caballo, sea más fácil. Poco a poco.

Por una parte, Isobel quería conocer la estancia, pero... ¿un día entero en compañía de Rafael? Ya había logrado evitarle la mayor parte del día anterior. Pero ahora... no se le ocurrió ninguna excusa.

–Está bien. De acuerdo, podría estar bien.

Un par de horas más tarde, sobre el lomo de un enorme caballo, con un ancho sombrero de gaucho cubriéndole la cabeza y siguiendo a Rafael, ese «podría estar bien» se había quedado muy corto.

Isobel no podía contener una sensación parecida a la felicidad, algo que le hinchaba el pecho. Y orgullo de saber que todo lo que podía verse había pertenecido a su abuela y ahora volvía a ser propiedad suya.

De repente, la vida en París se le antojó muy lejana.

Pertenecía a ese lugar. Llevaba esa tierra en las venas. Lo supo con desconcertante intensidad. Y, hasta ese momento, nunca había sentido algo así.

Estaba en medio de la pampa y las Sierras Chicas se elevaban en la distancia. Se le hizo un nudo en la garganta.

Justo en ese momento, Rafael detuvo a su caballo y volvió la cabeza. Unos gastados pantalones vaqueros le ceñían las piernas. Ella tiró de las riendas. Había estado evitando mirar a Rafael, era demasiado sensual encima de una silla de montar.

Rafael sonrió.

—¿Quieres galopar un rato?

Isobel se limitó a asentir, incapaz de hablar, e imitó a Rafael, que primero llevó al caballo al trote para instarle a que fuera más y más de prisa, hasta hacerle galopar. Ella no se quedó atrás y acabó cortando el viento como una bala.

Era excitante. Hacía años que no montaba así a caballo. Incluso adelantó a Rafael y, sin poder evitarlo, echó a reír. Pero, por supuesto, Rafael no le permitió llevarle la delantera durante mucho tiempo y, sin esfuerzo, le dio alcance. Después, agarró las riendas del caballo de ella y, poco a poco, hizo que ambos animales aminoraran la velocidad hasta ir al paso.

Cuando Isobel recuperó la respiración, vio unas construcciones. Rafael le explicó que eran los terrenos dedicados al entrenamiento de caballos para el polo. Un jinete se acercó a saludarles y Rafael se lo presentó. Era Miguel Cortez, el jefe de los entrenadores.

Aquella tarde, cuando el sol empezó a ocultarse por el horizonte, a Isobel le daba vueltas la cabeza, pero no se encontraba mal, como el primer día. Estaba saturada de información. Se había enterado de que allí se celebraban dos acontecimientos internacionales de polo al año. También había visto los planos que Rafael le había enseñado del proyecto de expansión de aquellos terrenos.

Esa propiedad no sólo tenía los terrenos de polo, también tenía ganado y tierras de cultivo.

Sacudió la cabeza tratando de asimilar todo con los ojos perdidos en la lejanía. Sintió a Rafael acercándose hasta detenerse a su lado, y su cuerpo respondió. Evitó mirarle; en ese ambiente, sin la sofisticación de la ciudad, era demasiado atractivo. En ese momento, no encajaba en absoluto con la imagen de él que ella se había hecho en la cabeza: un cruel y frío hombre de negocios sin escrúpulos que se había casado como si eso fuera un negocio más. ¿Acaso no le había dicho que estaba contento de haberse casado con ella? ¿Cómo iba ella a luchar contra eso?

Se sentía increíblemente confusa. Rafael se le antojaba como un camaleón.

La pura felicidad que había sentido aquella tarde la hacía más vulnerable, era como si se hubiera traicionado a sí misma.

—Gracias por haberme enseñado todo esto —le dijo con voz ronca.

—Como ya te he dicho en más de una ocasión, la mitad es tuyo, Isobel. He pedido que traigan el helicóptero para volver a la casa. Mañana te enseñaré el resto de la propiedad, y mañana por la noche vamos a hacer una barbacoa para que conozcas a todos.

Isobel asintió.

A la tarde siguiente, de vuelta en la casa, Isobel hizo una mueca cuando salió de la bañera del cuarto de baño de su suite. Le dolía todo el cuerpo después de dos días de montar a caballo, pero estaba tranquila y satisfecha. Prefería no pensar demasiado en Rafael y en la paciencia que había mostrado con ella al enseñarle todo y explicarle cómo funcionaba.

Se miró al espejo. Se había vestido con unos vaqueros y una blusa dc seda. Con el fin de no provocar la ira de Rafael, había dejado unos botones superiores sin abrochar. Aún tenía el cabello húmedo, pero se le secaría en cuestión de minutos.

Salió de la habitación y se topó con un muro de músculos. Sintió los brazos de Rafael sujetándola. Levantó los ojos y no pudo moverse. Contuvo la respiración.

—Venía a buscarte.

—Sé dónde es la barbacoa, Rafael.

«Por favor, apártate de mí, suéltame», suplicó en silencio.

Rafael se echó hacia atrás, pero ella no se sintió más segura.

—Todos los empleados van a asistir a la barbacoa. ¿Crees que podríamos parecer unidos aunque sólo sea por esta noche?

Isobel se encogió de hombros, tenía mucho calor.

—Por supuesto. Quiero decir que... que lo estamos.

Rafael sacudió la cabeza y se cruzó de brazos.

—No, no lo estamos. Cada vez que me acerco a ti te sobresaltas, y es mucho peor cuando te toco. Se supone que estamos de luna de miel, levantándonos cada mañana con las sábanas retorcidas, las piernas y los brazos entrelazados y nuestra pasión saciada.

Isobel alzó una mano como si así pudiera detener el flujo de imágenes eróticas que acudieron a su mente.

–Está bien, como quieras. Fingiremos.

Rafael sonrió.

–Bien –entonces, le tomó la mano y ella hizo un esfuerzo por no dar un salto–. No creo que sea tan difícil.

Al día siguiente, Isobel estaba junto al Range Rover esperando a Rafael para volver a Buenos Aires. Cerró los ojos casi con desesperación. La situación escapaba a su control. La noche anterior no había logrado pegar ojo, el cuerpo entero le picaba después de pasar la tarde entera pegada a Rafael, o agarrados de la mano o con el brazo de Rafael alrededor de la cintura, abrazándola, aplastándole los senos contra su pecho.

Se encontraba en un estado permanente de excitación sexual.

En ese momento, aquel hombre insufrible estaba caminando hacia el coche y ella tuvo que recurrir a todo tipo de mecanismos de defensa con el fin de ser capaz de mirarle a los ojos. Pero cuando Rafael se metió en el coche, sacó el teléfono móvil y dijo:

–Perdona, tengo que hacer una llamada.

Isobel no prestó demasiada atención a la conversación, aunque se dio cuenta de que Rafael hablaba con su secretaria en Buenos Aires. Se trataba de un negocio en Estados Unidos y eso la hizo recordar la crueldad de él en los negocios. Se le había olvidado.

Cuando Rafael terminó de hablar, cortó la comunicación y dijo:

–Perdona.

Isobel sacudió la cabeza.

–No te preocupes. Llevas fuera una semana, supongo que tienes muchas cosas pendientes.

Sintió a Rafael lanzarle una mirada de soslayo y vio que él se fijaba en la caja de madera de palo de rosa que tenía encima de las piernas.

–¿Qué es eso?

Isobel agarró la caja con fuerza, como si quisiera protegerla.

–El ama de llaves me ha dicho que era de mi abuela. Hay algo dentro de la caja, pero no tenemos la llave. Por eso voy a llevarla a Buenos Aires, para abrirla allí –dijo ella en tono claramente defensivo.

–Isobel, no te preocupes, sé que es tuya, que era de tu abuela. Puedes hacer lo que quieras con ella.

Al instante, Isobel se sintió infantil. Ese hombre parecía sacarle lo peor de sí misma, lo más primitivo.

–Gracias.

Una de mis ayudantes se pasará por aquí hoy por la mañana con algunas tarjetas de crédito e información bancaria.

Rafael estaba acabándose el café, preparándose para ir a trabajar. Se encontraban desayunando en el comedor informal de la casa, y a ella Buenos Aires le pareció demasiado ajetreado, duro y ruidoso. Añoraba la tranquilidad de la estancia Paraíso.

Rafael distaba mucho de ser el hombre tranquilo con el que había pasado una semana. Iba con un inmaculado traje de chaqueta, camisa y corbata. Estaba recién afeitado y llevaba el pelo peinado hacia atrás. Una vez más el duro hombre de negocios.

—De todos modos, yo ya tengo una cuenta bancaria —observó Isobel.

Rafael sacudió la cabeza.

—He abierto otras cuentas para ti. Una de ellas es para los beneficios de la estancia.

—Pero... ¿cómo voy a quedarme con los beneficios de la estancia? ¿No tienen que ser reinvertidos y servir también para pagar los sueldos?

Rafael sonrió con gesto paternalista.

—Estoy hablando de los beneficios después de cubrir los gastos de mantenimiento y de pagar los sueldos.

A Isobel le estallaba la cabeza. Desde luego, Rafael no había bromeado al decir que la estancia era un buen negocio.

—Ah —entonces, le miró—. Dime, ¿qué es lo que se supone que tengo que hacer ahora?

Rafael vació la taza de café y se levantó.

—Ya te lo he dicho, Isobel, no soy un carcelero. Haz lo que quieras. Vete de compras, ve a ver a alguna amiga, monta una tienda de segunda mano con fines benéficos... decide tú —Rafael se puso en pie—. ¿Por qué no dedicas unos días a pensar en qué hacer con tu dinero? Ve a comprar todo lo que quieras, supongo que a todas las mujeres les gusta eso.

Isobel, irritada, se puso en pie también.

—Tengo una habitación mucho más grande que todo mi apartamento en París y llena de ropa. Tengo montones de joyas. ¿Qué demonios voy a querer comprarme? Jamás en la vida he ido de compras a la Avenida Alvear y no voy a hacerlo ahora.

Y entonces, como si los demonios se hubieran apoderado de ella, se vio incapaz de parar:

—Estoy acostumbrada a ir a tomar algo a los cafés con mis amigos para hablar de asuntos cotidianos que preocupan a todo el mundo. Estoy acostumbrada a comprarme la comida, no a que la envíen a la casa y una doncella la recoja. Estoy acostumbrada a cocinar, no a que me presenten un plato digno de un restaurante con alguna estrella Michelin.

Por fin, se detuvo para respirar.

Rafael alzó las manos en gesto de rendición, y dijo con inequívoca irritación:

—Pues vete a buscar a alguien como tú y pasa los días tomando café con esa persona mientras habláis de cómo arreglar el mundo; o, si lo prefieres, vete a hacer la compra. O haz una tarta. Me da igual, Isobel, no me importa. Ahora, ésta es tu vida, así que será mejor que empieces a acostumbrarte.

Rafael se dio media vuelta y caminó unos pasos; entonces, se volvió y, con un brillo peligroso en los ojos, añadió:

—Pero estate lista para ir a la ópera esta tarde a las siete. Va a ser nuestra primera salida en público como matrimonio.

Isobel, aún furiosa, estaba esperando a Rafael en el salón principal cuando le oyó bajando las escaleras.

Rafael se acercó a la puerta ajustándose los gemelos de la camisa. Estaba guapísimo con el esmoquin.

Rafael le hizo un gesto para que se le acercara.

Ella se tragó la rabia, se levantó del sofá en el que estaba sentada y caminó con la espalda rígida.

Él la miró a los ojos cuando se plantó delante de él.

—Hermosísima. Estás perfecta, Isobel.

—Eso espero. Porque me he pasado el día tratando de elegir el vestido perfecto para ser la esposa perfecta, Rafael. Al fin y al cabo, tú has sacrificado tu hedonista vida de playboy por mí, ¿no?

Rafael sintió una punzada de dolor. No iba a permitir que su propia esposa le hiciera daño. Hacía mucho tiempo que no le importaba la opinión de nadie y tampoco iba a importarle la de ella. Jamás volvería a darle ningún tipo de explicaciones a esa mujer.

Apretó la mandíbula y, tras agarrar la barbilla de ella, dijo:

—Exactamente. ¿Y sabes qué haría todo más perfecto aún? Tú en mi cama, que te está esperando. Creo que ya has dispuesto del tiempo suficiente, creo que la frustración sexual no te sienta bien.

Capítulo 7

E N EL INTERMEDIO de la función, Isobel fue al servicio, tanto por escapar de Rafael como para retocarse el inexistente maquillaje. Estaba ocurriendo otra vez. Con la disculpa de encontrarse en público, Rafael la estaba tocando en todo momento y ella temía perder los nervios.

Sintió un gran alivio al ver que el aseo estaba vacío, y se echó un poco de agua fría en la cara. Oyó entrar a alguien y medio levantó la cabeza, pero se quedó inmóvil al ver a una extraordinariamente hermosa mujer mirándola fijamente. Entonces, vio que la mujer echaba el cerrojo a la puerta para que nadie pudiera entrar.

Isobel no sintió miedo, sólo curiosidad. Se incorporó y se secó el rostro y las manos con una toalla.

–¿Qué se siente estando casado con el hombre más codiciado de toda Argentina?

Se estremeció cuando los ojos oscuros de esa mujer se clavaron en los suyos.

–Perdone, pero... ¿nos conocemos?

La desconocida se le acercó hasta colocarse delante del espejo; entonces, se miró a sí misma con deleite.

Isobel retrocedió, pero no le quedó más remedio que admitir que esa mujer era deslumbrante. Tenía un cabello negro como el azabache, rasgos felinos y un cuerpo extraordinario debajo del vestido de lamé dorado.

–Soy la ex novia de Rafael –la mujer se volvió y le ofreció la mano–. Encantada de conocerla.

A Isobel se le secó la garganta mientras se preguntaba cómo no la había reconocido. ¿Y cómo había permitido Rafael que una mujer tan seductora como ésa se le escapara? Era lo opuesto a ella.

Isobel ignoró la mano que le ofrecía y se dirigió a la puerta. Se oyó el primer timbrazo, llamando al público a volver a sus asientos. Lanzó un suspiro de alivio.

–Debo volver. Rafael debe de estar preguntándose dónde me he metido.

La otra mujer cruzó los brazos y empequeñeció los ojos, ahora sí parecían los de un felino.

–Así que le has pescado, ¿eh? Sabes, el acuerdo de matrimonio contigo era una de las cosas que yo usaba para mostrarle lo atado que estaba –la boca de la mujer se transformó en una amarga línea–. Pero yo era bastante avariciosa y, cuando Rafael lo perdió todo, no quise arriesgarme. ¿Cómo iba yo a saber que lo recuperaría?

Isobel no comprendía...

–¿Que lo perdió todo?

¿Qué estaba diciendo esa mujer?

La ex novia de Rafael lanzó una seca carcajada y la miró de arriba abajo.

–Mírate al espejo. Ni siquiera vas maquillada. Rafael nunca se habría fijado en ti de no ser porque se trata de un matrimonio de conveniencia. Sólo ha sentido pasión por una mujer, por mí. ¿Por qué crees que estuvo dispuesto a escapar y a casarse conmigo en secreto?

Sonó el segundo timbrazo y, sintiéndose sobrecogida, Isobel agarró el cerrojo de la puerta y lo descorrió, haciendo un esfuerzo por no caer al suelo desmayada.

Se llevó una sorprcsa al ver a Rafael al otro lado de la puerta. Él la agarró del brazo.

—Estaba buscándote. ¿Te pasa algo? Tienes mala cara.

Justo entonces la otra mujer se acercó a la puerta y salió. E Isobel observó la reacción de Rafael con enfermiza fascinación. Los ojos de él empequeñecieron y su rostro enrojeció. Estaba claro que no era inmune a aquella mujer.

A Isobel le entraron náuseas.

—Ana —dijo él.

—Rafael, querido —murmuró Ana—. Quería saludar a tu esposa. Al fin y al cabo, teníamos algunas cosas en común.

Rafael agarró con más fuerza el brazo de Isobel.

—De hecho, Ana, tenéis tan poco en común que parece casi mentira.

Y tras esas palabras, Rafael se la llevó.

Cuando por fin recuperó el habla, Isobel dijo:

—Rafael, mi brazo. Me estás haciendo daño.

Por fin, Rafael se detuvo y ella tiró de su brazo hasta liberarlo.

—¿Qué te pasa, Rafael?

Rafael parecía confuso y ella, sin saber por qué, sintió un profundo dolor.

—Nada —respondió Rafael pasándose una mano

por el cabello–. Hacía mucho tiempo que no la veía, eso es todo. Venga, vamos y nos perderemos la segunda parte.

Aquella noche, Isobel estaba tumbada en la cama pero sin poder dormir. El estómago le daba vueltas y no podía evitar repetir una y otra vez las palabras de Rafael a su ex novia: «De hecho, Ana, tenéis tan poco en común que parece casi mentira».

Después del intercambio de palabras aquella tarde antes de ir a la ópera, había esperado que Rafael insistiera en acostarse con ella aquella noche. Pero después del encuentro con Ana Pérez, Rafael se había mostrado desacostumbradamente callado y sombrío. Al volver a casa, se había limitado a darle las buenas noches.

Y ella sabía por qué. Porque al verla al lado de Ana Pérez se había dado cuenta de todo lo que no tenía en su matrimonio.

Pasión y amor.

Por mucho que lo negara, Rafael debía de desear ambas cosas.

No le resultaba difícil conjurar las imágenes de los dos en las revistas.

Isobel se dio media vuelta y trató de ignorar el dolor que sentía.

A la mañana siguiente, Isobel tenía ojeras cuando se sentó a desayunar. Se había retrasado intencionadamente con el fin de evitar a Rafael, pero él estaba ahí, sentado, terminándose el café.

Rafael levantó la mirada y dijo:

–Tienes un aspecto terrible.

–Gracias –murmuró ella al tiempo que se sentaba.

Rafael se aclaró la garganta.

–Siento que fueras víctima de los malos modales de Ana anoche.

Isobel fingió no darle importancia mientras se servía una taza de café.

–No te preocupes, no tiene importancia. Ya se me había olvidado.

–Sí, bueno, no volverá a ocurrir, te lo aseguro.

Isobel le lanzó una rápida mirada.

–De verdad, da igual. Sé que estabais prometidos, así que habría sido extraño que ella no dijera nada en absoluto.

Rafael se quedó muy quieto.

–¿Qué es lo que dijo exactamente?

Isobel cambió de postura en el asiento y se maldijo a sí misma en silencio.

–Isobel, no voy a marcharme hasta que no me cuentes lo que te dijo, y no me vayas a decir que hablasteis del tiempo. La conozco muy bien.

Isobel sintió como si le clavaran un puñal. El interés que Rafael mostraba por lo que había dicho Ana demostraba que aún sentía algo por ella.

–Muy bien –le espetó Isobel–. Esa mujer quería que yo supiera que, de no haber sido porque lo perdiste todo, ahora estarías casado con ella.

Rafael lanzó un gruñido de desagrado y la curiosidad de ella volvió a despertar.

–¿Qué quiso decir con eso de que lo perdiste todo? –preguntó Isobel.

El rostro de Rafael ensombreció, sus rasgos se tornaron más duros.

—A lo que mi querida ex se estaba refiriendo era a las desastrosas repercusiones de nuestro noviazgo. Mi padre murió justo después de que anunciáramos que estábamos prometidos, y su empresa estaba atravesando momentos muy difíciles. Corrieron los rumores de que Ana y yo íbamos a marcharnos para casarnos en secreto y, por tanto, yo iba a romper el contrato entre tu familia y la mía. Como consecuencia, los inversores y los banqueros me dieron de lado, creyendo que yo no sería capaz de superar la crisis.

—¿Que ibais a casaros en secreto? —repitió Isobel con voz débil, recordando que Ana lo había mencionado la noche anterior.

Los ojos de Rafael eran dos pozos negros sin fondo.

—A Ana le parecía muy romántico. Utilizó el hecho de que existiera nuestro contrato matrimonial, de que yo estuviera prometido con una adolescente. Pensó que escapar era la única forma de conseguir que nos casáramos; pero justo antes de hacerlo, mi negocio se vino abajo, de la noche a la mañana.

Isobel sacudió la cabeza mientras trataba de asimilar la información e ignorar el hecho de que Rafael había estado a punto de escapar para casarse por amor.

—¿Y tu hermano? ¿No estaba él...?

—Mi hermano tenía sus propios problemas en Grecia. Era asunto mío resolver los problemas aquí. Y lo hice, y evité que perdiéramos la casa y la estancia —hizo una amarga mueca—. Sin embargo, Ana no confió en mí. Ana salió corriendo y a los pocos meses se casó con un industrial suizo que podía darle la vida a la que estaba acostumbrada.

En lo único que Isobel podía pensar era en el vacío que sentía en el estómago.

–No tenía ni idea...

–¿Cómo ibas a saberlo? –Rafael encogió los hombros–. En fin, comencé a ganar dinero otra vez y casi de inmediato, pronto se olvidó el problema y volví a ser aceptado en nuestros círculos.

Rafael se puso en pie, haciendo ruido al correr la silla, y ella se sobresaltó.

–¿Aún te asusto, Isobel? –dijo él con voz insoportablemente dura.

Ella alzó la cabeza y Rafael se agachó para ponerle un dedo en la barbilla. Durante un instante aterrador, tuvo miedo de que Rafael fuera a besarla en un momento en el que se sentía tan vulnerable.

Pero entonces, Rafael dijo:

–Me aburre hablar del pasado y de mis ex novias. Ahora estoy casado contigo, Isobel, y me he cansado de esperar. Esta noche te tendré en mi cama. Pero antes tendremos que hacer de anfitriones, va a venir uno de mis asociados. Estate lista a eso de las ocho.

–Tengo entendido que eres una bailarina profesional, ¿no?

Isobel se volvió a Rita, la esposa del hombre con quien Rafael estaba tratando de negocios, y sonrió débilmente.

–Bueno... profesional, no. Aunque era profesora de tango cuando vivía en París.

La otra mujer, de mediana edad, suspiró con expresividad.

–Mi marido y yo fuimos a ver un espectáculo de tango anoche. Fue el espectáculo más erótico que he visto en mi vida. Me encantaría saber bailar así.

Isobel se sonrojó al recordar el tango que bailó en París con Rafael y bebió otro sorbo de vino. Sabía que no debía beber, pero necesitaba hacer algo para no pensar en que estaba participando con su marido en los negocios de éste y que Rafael esperaba que aquella noche...

–Cuidado con el vino, Isobel. No quiero tener que llevarte en brazos esta noche.

Rafael le habló en voz baja, sólo para sus oídos y con una sonrisa, pero con una expresión de advertencia en la mirada. Sólo por llevarle la contraria, ella agarró la copa otra vez y bebió un buen sorbo.

–Isobel y yo estaríamos encantados de bailar un tango para ti, si es que se da la oportunidad –le dijo Rafael a Rita–. Cuando vengáis por más tiempo, quizá ella pudiera darte algunas clases.

–Oh... no, no –contestó la otra mujer–. No podría esperar...

Isobel se apiadó de ella y, efusivamente, dijo:

–No seas tonta. Me encantaría enseñarte los pasos básicos. En serio, no es ningún problema. Tengo tanto tiempo libre últimamente que casi no sé que hacer conmigo misma.

–Bueno, sería estupendo. Muchas gracias –contestó Rita mirando a Rafael y luego a Isobel.

Isobel volvió a llevarse la copa de vino a la boca, encantada con las miradas de censura que le lanzaba

Rafael. ¿Quién se creía que era? Ella era plenamente consciente de que el vino se le estaba subiendo a la cabeza, a pesar de haber cenado.

Bob, el marido de Rita, que estaba sentado frente a ella, empezó a hablarle, pero a Isobel le resultó difícil seguir la conversación. En cierto modo, creía estar bloqueándose porque no quería oír hablar de lo frío que era Rafael en los negocios. No tardó mucho en comenzar a sentirse algo mareada y se dio cuenta de que había ido demasiado lejos. Ni siquiera sabía lo que ella misma decía.

De repente, sintió la necesidad de respirar aire fresco y fue a levantarse. Un mareo se lo impidió. Inmediatamente, Rafael la rodeó con los brazos. Ella le oyó murmurar excusas y, después, la sacó del restaurante.

En el asiento posterior del coche, de camino a la casa, el alcohol le protegió de la oleada de ira que provenía de Rafael. Comenzó a reír.

La mirada de desprecio que Rafael le lanzó la hizo reír aún más.

Rafael la sacó del coche y fue cuando se dio cuenta de que habían llegado a casa. Rafael la levantó en sus brazos y, al instante, las carcajadas dieron paso al hipo. La cabeza le daba vueltas, pero se le aclaró.

El cuerpo de Rafael era duro y su expresión seria. Le puso las manos alrededor del cuello y acarició el suave cabello de la nuca. Instintivamente, comenzó a acariciarle la cabeza sin poder apartar los ojos de la boca de Rafael.

Todo pensamiento coherente la abandonó. Sólo sabía que estaba en los brazos de Rafael y que sus preocupaciones e inhibiciones se estaban desvaneciendo. Ahora no comprendía por qué había insistido en resistirse a él.

La puerta de la casa se abrió y entraron. Sintió la contracción de los músculos del pecho de Rafael. Alzó una mano y le tocó la boca con un dedo.

–Tienes una boca preciosa, ¿lo sabías?

Hasta cierto punto, era consciente de que no estaba pronunciando las palabras con claridad.

Rafael apartó la cabeza y ella le puso la mano en la garganta. Intentó deshacerle el lazo de la pajarita para desabrocharle la camisa. Muy concentrada en esa tarea, casi no se dio cuenta de que Rafael estaba subiendo las escaleras.

Como el lazo le resultó imposible, se dio por vencida con un suspiro y comenzó a desabrocharle los botones de la camisa. Sonrió feliz cuando le tocó la piel desnuda. El corazón de Rafael latía con fuerza y sintió un intenso calor en todo el cuerpo. Oleadas de fuego la invadieron, intensificándose.

Tambaleándose, apenas se dio cuenta de que Rafael la había dejado con los pies en el suelo ni le oyó lanzar un juramento. Alzó la vista y le pareció que el rostro de Rafael estaba muy lejos. Quería que la besara, pero ni siquiera era consciente de habérselo dicho, hasta que él dijo:

–Isobel, no voy a acostarme contigo, estás borracha. Cuando te haga el amor, estarás perfectamente sobria y consciente de todo.

Ella se tambaleó y, de repente, perdió el sentido de la realidad. Sólo sabía que estaba tumbada y que los brazos de Rafael la rodeaban.

Pero entonces la abandonaron.

–¡No! –gritó ella tirando de él–. Bésame, Rafael.

Isobel cerró los ojos y juntó los labios para que él se los besara, y entonces le oyó decir:

–Me vas a matar, te lo juro.

Isobel abrió los ojos y vio a Rafael por partida doble.

–Muérete si quieres, pero bésame.

Sin embargo, Rafael se marchó y, de repente, la habitación empezó a dar vueltas.

A la mañana siguiente, cuando se despertó, le dolía todo; especialmente, la cabeza y el estómago. Lanzó un gemido y se llevó una mano a la frente.

Poco a poco, recordó los acontecimientos de la noche anterior: la cena, Rita y Bob, el vino... Rafael subiendo con ella a cuestas las escaleras... ella rogándole que la besara... y la vomitona. No se acordaba con claridad, pero tenía la impresión de que alguien le había estado sujetando la cabeza mientras vomitaba y que luego le dio una toalla mojada antes de hacerla lavarse los dientes. Rafael.

Lanzó un gruñido y escondió el rostro en la almohada. ¿Cómo iba a poder pedirle que esperara y que siguiera teniendo paciencia después de lo de la noche anterior?

Se sentó en la cama con cuidado y fue cuando notó que llevaba puestos el sujetador y las bragas. Apartó la ropa de la cama y fue a ponerse en pie; y justo en ese momento, la puerta se abrió y Rafael apareció, alto, glorioso y serio. Y ella se volvió a tapar inmediatamente.

–¿Te importaría dejar que me vistiera antes de entrar? –dijo ella.

Rafael arqueó las cejas con gesto incrédulo.

–Créeme, querida, no tienes derecho a ofenderte después de haber intentado desnudarme anoche. No sé cómo logré salir de aquí con mi dignidad intacta.

Isobel enrojeció.

–Estaba algo contenta...

Rafael se acercó. Ella alzó los ojos y le dolió la cabeza.

–¿Algo contenta? Estabas borracha, y eso que sólo habías tomado dos copas de vino. Nunca había visto nada igual.

–Ya te he dicho que el alcohol no me sienta bien.

–Pero decidiste ignorarme cuando te dije que tuvieras cuidado. Puedes emborracharte todo lo que quieras en casa, pero no en público. Casi tuve que sacarte a rastras del restaurante, delante de un importante colega mío y de su esposa.

A Isobel le dieron náuseas.

–Y aunque te agradezco el intento de seducción, como te dije anoche, cuando te haga el amor estarás completamente sobria y consciente en todo momento –Rafael comenzó a retroceder, pero se detuvo–. Hoy volveré tarde del trabajo, pero mañana estamos invitados a un torneo de polo. Espero que te hayas recuperado para entonces.

Isobel asintió fríamente, pero mortificada. Rafael sacudió la cabeza y, tras una última mirada, salió de la habitación. Tan pronto como se quedó sola, se dejó caer otra vez en la cama y se quedó mirando al techo.

Una idea terrible le asaltó: ¿acaso lo ocurrido la

noche anterior no había sido un intento subconsciente por su parte de impedir que Rafael se acostara con ella para así no hacer comparaciones entre Ana Pérez y su esposa?

Isobel se sentó en la cama. Una novata como ella no podía compararse con una mujer seductora como Ana. Una vez que Rafael se acostara con ella se daría cuenta de la equivocación que había cometido. Un hombre tan viril como Rafael no querría estar atado a una esposa con la que no quería acostarse; sobre todo, después de haberse reencontrado con el amor de su vida.

Descorazonada, Isobel se levantó y se dio una ducha. Pensar que Rafael descubriera su falta de experiencia en la cama la hizo sentirse vacía por dentro.

La noche anterior había vislumbrado la clase de vida que Rafael llevaba como hombre de negocios, e Isobel, de repente, decidió tomar el control de la situación. Quería demostrar que, ocurriera lo que ocurriese, no iba a ser como su marido en lo que a los negocios se refería. Se encontraba en la situación en la que se encontraba e iba a aprovechar lo que pudiera. ¿Qué le había dicho Rafael el otro día? ¿No le había dicho que podía hacer lo que quisiera?

Una idea comenzó a forjarse en su mente y, por primera vez en mucho tiempo, sintió entusiasmo. Con decisión, se secó y se vistió.

Aquella tarde, casada y feliz, Isobel esperó a Rafael en el cuarto de estar para cenar juntos. Delante tenía folletos de inmobiliarias.

Oyó unas pisadas y, al alzar la vista, vio a Rafael en el umbral de la puerta. Un escalofrío le recorrió el cuerpo. Rafael parecía furioso.

Rafael entró en la estancia como una tromba y tiró un periódico encima de la mesa, delante de ella.

–¿Quieres explicarme qué has estado haciendo?

Isobel se quedó boquiabierta. No tenía idea de qué era lo que Rafael estaba diciendo. Bajó la mirada y la clavó en el periódico de la tarde, y vio en la primera página una foto de ella estrechando la mano de un hombre delante de un decrépito edificio en La Boca, unos de los barrios más viejos de Buenos Aires. Debían de haber sacado la foto aquella mañana.

Y el titular decía: *¿Sabe Romero lo que hace su esposa cuando se vuelve de espaldas?*

Isobel alzó la vista y vio la cólera de Rafael, con las manos en las caderas. Echando humo. Y se levantó, porque se sentía intimidada.

–Puedo explicártelo, Rafael.

–Sí, hazlo, por favor. Estoy desando saber qué te traías entre manos. Y no me digas que eres drogadicta.

Ahora, quien encolerizó fue ella. Cerró las manos en dos puños a ambos lados de su cuerpo.

–¿No me has dicho que hiciera lo que quisiera, Rafael, que no era una prisionera y que podía hacer lo que se me antojara con mi fortuna?

Un músculo de la mandíbula de él se contrajo.

–Sí, pero no escapando del equipo de seguridad y paseándote por zonas muy poco recomendables.

Isobel jadeó.

–¿Desde cuándo me vigila un equipo de seguridad?

Rafael hizo un gesto de impaciencia con la mano.

–Naturalmente que te vigilan. Eres presa fácil, Isobel, y hoy realmente lo has demostrado.

Isobel se quedó lívida.

–Si me hubieras informado que, prácticamente, soy una prisionera, quizá me hubiera molestado en informar a mis carceleros de lo que me proponía hacer. Por si lo has olvidado, intenté llamarte esta mañana para decirte lo que estaba haciendo, pero tú te negaste a ponerte al teléfono.

A Rafael se le pasó algo el enfado. Ella le había llamado varias veces, pero una reunión tras otra le había impedido hablar con ella. Cuando por fin había dispuesto de tiempo, se había encontrado con un mensaje de Isobel diciéndole que no tenía importancia. Y algo le había impedido llamarla...

–Está bien, lo siento. Pero es que me llamaste cuando estaba muy ocupado.

Isobel recuperó el color de las mejillas, pero estaba muy disgustada.

–Sí, supongo que estabas muy ocupado tramando con tu colega americano cómo vais a deshaceros del desagradable problema que plantean cientos de inmigrantes ilegales instalados en el complejo que estáis tratando de comprar.

Rafael se quedó muy quieto, amenazadoramente quieto.

–Ya veo que has leído los periódicos –dijo él con voz gélida–. No obstante, tu información no es de última hora.

Isobel se sonrojó y se maldijo a sí misma por lo que había dicho.

–Como quieras, Rafael. Sé cuáles son tus prioridades. Los negocios son lo primero; segundo, una esposa de adorno –se interrumpió para tomar aire y calmarse. Se mordió el labio y miró el periódico; después, clavó los ojos en Rafael–. Quiero emprender un negocio.

–¿De qué estás hablando?

Isobel tomó aire.

–Quiero abrir una academia de baile. De tango. Sé que hay millones de academias de tango en Buenos Aires, pero yo quiero enseñar a niños al mismo tiempo que a adultos. Quiero ofrecer todo tipo de clases de baile y que no sean para gente adinerada.

Isobel volvió a entusiasmarse.

–Y también he pensado en el baile como terapia para niños con problemas o disminuidos. Un amigo mío de París ha estado haciendo terapia de baile con niños y los resultados han sido extraordinarios... –Isobel guardó silencio y miró a Rafael con temor.

Rafael no dijo nada.

Ella señaló con la mano los folletos que había encima de la mesa.

–Eso era lo que estaba haciendo hoy, buscar un local para alquilar o para comprar. Y siempre me ha gustado La Boca y me parece un buen sitio para empezar.

Rafael se la quedó mirando un momento. Seguía enfadado porque ella hubiera pensado tan mal de él basándose en lo que había leído en los periódicos respecto a los emigrantes. Y se maldijo a sí mismo por importarle lo que Isobel pudiera pensar sobre él.

–No voy a permitir que me pongas en evidencia,

Isobel, no puedes ir por ahí y hablar con cualquiera. Tanto si te gusta como si no, perteneces a cierta clase social y será mejor que recuerdes tus responsabilidades. Tienes que cultivar tu imagen dentro de nuestro círculo social, todo el mundo está pendiente de ti... y de mí. En estos momentos estoy en medio de unas delicadas negociaciones y no puedo permitirme que hagas una tontería y me pongas en ridículo.

Rafael se oyó a sí mismo y casi no podía creer que esas palabras hubieran salido de sus labios. Había hablado como un esnob, pero no podía evitarlo. El deseo de controlar a Isobel era sobrecogedor. El comportamiento de ella ese día había provocado demasiadas emociones conflictivas en él y estaba confuso. Y, además, no podía pensar con la cabeza cuando Isobel estaba delante de él, así...

Furiosa, Isobel barrió los folletos de la mesa. Se acercó a una papelera en un rincón del cuarto de estar y los tiró ahí. Después, se volvió y dijo secamente:

–Me alegro de que las cosas hayan quedado claras. Ahora sé exactamente que vivo en una jaula. De ahora en adelante, me vestiré como es debido para cada ocasión y trataré de no pensar por mí misma. Y ahora, si me lo permites, voy a acostarme. Se me ha quitado el hambre.

Isobel salió de la habitación y Rafael se sentó en el sofá, apoyando los brazos en las rodillas. Por primera vez en su vida, tenía que admitir que se encontraba perdido. La foto del periódico llamó su atención. En ella, Isobel sonreía cálidamente a un hombre. Isobel jamás le había sonreído así a él.

Pensó en lo que Isobel había leído sobre él y en

que basaba su opinión en la información errónea de un solo periódico. Por supuesto, reconocía que no había hecho nada por hacer que el periódico se retractase ni por clarificar la situación a Isobel, pero intentó convencerse a sí mismo de que era porque no le importaba; porque, si le importaba, significaba que no había aprendido a protegerse en la vida. Significaba que era tan débil y vulnerable como lo había sido años atrás, cuando Ana Pérez casi le destrozó.

Una cosa tenía que admitir: cuando se había creído enamorado de Ana, nunca le había importado demasiado la opinión que ella pudiera tener de él.

Con gesto cansado, tiró el periódico a la papelera y fue a buscar a Juanita para decirle que llevara algo de cena a Isobel a su habitación.

Capítulo 8

EL DÍA siguiente era sábado e iban al torneo de polo; después, tenían que asistir a una cena con fines benéficos, acompañados de Bob y Rita. Isobel aún se sentía dolida y disgustada con Rafael ya que éste parecía dispuesto a controlar su vida. Su plan le había proporcionado una salida y una ilusión y él se lo había aplastado.

Decidida a que Rafael no supiera el daño que le había hecho, se puso su armadura. Se vistió con un traje pantalón de diseño color blanco, zapatos de tacón alto y gafas de sol. Le estaba esperando en la puerta de la casa y no se volvió cuando le oyó aproximarse.

Rafael pasó por su lado y le abrió la puerta del coche. Después, lo rodeó para sentarse al volante. Estaba muy guapo con un traje gris oscuros, camisa blanca y corbata.

El corazón se le encogió al notar que Rafael parecía cansado, y se disgustó consigo misma porque eso pudiera preocuparle. ¿Qué demonios le pasaba? ¿Estaba loca? Lo de la noche anterior le daba motivos más que suficientes para odiar a Rafael.

Realizaron el trayecto en silencio y, tan pronto como llegaron, Rafael la llevó a la zona VIP, donde les recibieron unos camareros con bandejas con copas de champán.

Un poco más tarde, Isobel se puso a charlar con Rita. El partido de polo se estaba desarrollando, pero Rafael se hallaba inmerso en una conversación con Bob, lo que indicó que el polo sólo proporcionaba un telón de fondo para los negocios. Entretanto, Rita no dejaba de hablar de salir de compras en Buenos Aires y de que era mucho mejor que en Texas, de donde ellos eran.

Cuando Rita se disculpó para ir al cuarto de baño, Isobel lanzó un suspiro de alivio mientras se preguntaba cuándo acabaría aquella tortura.

Justo en ese momento, Rafael le deslizó el brazo por la cintura y la atrajo hacia sí.

Isobel levantó la mirada y un intenso calor le recorrió todo el cuerpo al verle sonreír perezosamente.

No podía creerlo. Después del comportamiento de Rafael la noche anterior, seguía excitándose cada vez que él se le acercaba. ¿Qué podía hacer para inmunizarse?

Rafael la estrechó contra sí, con más fuerza, pero sintió la resistencia de ella. No la deseaba así. Lo que le había dicho la noche anterior había estado muy mal. Y, por muy vulnerable que ella le hiciera sentirse ahora, tenía que hacer lo que fuera necesario para revivir a la Isobel que él conocía, a la esposa que sabía que quería.

Isobel estaba apretando los dientes para no reaccionar de la forma que su cuerpo quería: pegándose al de Rafael, amoldándose a él. La mano de Rafael estaba describiendo movimientos circulares en su cintura y ella hizo lo posible por disimular el efecto que estaban teniendo.

Entonces, Rafael le dijo a Bob:

—¿Has visto la foto de mi mujer en el periódico de ayer?

Isobel se puso rígida. Notó cómo enrojecía Bob y le oyó murmurar algo incoherente. Y entonces fue cuando se dio cuenta de que Rafael había estado en lo cierto la noche anterior: las miradas y los murmullos que había notado al llegar se habían debido, en buena parte, a la foto del periódico.

Un profundo temor se apoderó de ella al pensar que Rafael se había propuesto dejarla en ridículo delante de ese hombre, que le iba a contar los planes de su esposa, y a ridiculizarlos, con el fin de preservar su propia reputación.

Debería haber sospechado que un hombre como Rafael jamás habría apoyado un plan como el suyo.

—Por favor, Rafael... —dijo ella en tono de súplica mientras trataba de separarse de Rafael.

Las lágrimas amenazaban con aflorar a sus ojos cuando, de repente, Rafael dijo:

—Me enorgullece decir que Isobel ha decidido abrir una academia de baile en La Boca. Siempre ha sido una zona de dudosa reputación, por eso creo que se ha mostrado muy generosa, y también inteligente, al decidir abrir la academia allí.

Isobel no daba crédito a lo que había oído. Durante unos instantes, se preguntó si había oído bien y miró a su marido con expresión interrogante. Bob, que hacía muy poco se había ruborizado, ahora dijo jovialmente:

−¡Menudo par de sentimentales! Rafael, será mejor que cuides tu reputación. Si no fueras tan astuto en los negocios, correrías un serio peligro. Y más ahora, que tu mujer parece cortada por el mismo patrón.

Isobel clavó los ojos en Rafael. Notó la tensión de su cuerpo y la sombra que cruzó la expresión de su rostro, a pesar del esfuerzo que hizo por sonreír.

−No es el momento ni el lugar para eso, Bob. Ya hablaremos de ello luego.

Bob se dirigió a ella:

−¿Has encontrado una propiedad que te guste?

Rita regresó en ese momento y se metió en la conversación. Pronto, mostró su entusiasmo por la idea.

Rafael intervino:

−Los planes de Isobel abarcan más que una simple academia de baile −Rafael la miró con indulgencia, como lo haría cualquier marido que mimara a su mujer−. ¿Por qué no les cuentas lo que quieres hacer?

Anonadada y muriéndose de ganas de saber lo que Bob había estado a punto de decir antes de que Rafael se lo impidiera, se encontró incapaz de apartar los ojos de su marido, aún preguntándose qué pasaba. No obstante y con cierta vacilación, empezó a hablar de sus planes, medio esperando que Rafael se echara a reír en cualquier momento. Pero Rafael no lo hizo, no se rió ni la ridiculizó. Y el entusiasmo de ella aumentó hasta casi olvidar la conversación de la noche anterior.

Más tarde, cuando volvían a su casa en el coche, Isobel se dio cuenta de que el día había pasado como en un abrir y cerrar de ojos y que lo había disfrutado.

Se volvió a Rafael.

–¿Vas a contarme qué es lo que pasa?

Él apretó la mandíbula.

–Te debo una disculpa. Anoche me excedí. Creo que tu idea es buena y debería haberlo reconocido. Me parece muy bien invertir en una zona como La Boca.

Isobel notó que Rafael apretaba el volante con fuerza.

–Cuando me enteré de que los de seguridad te habían perdido y luego vi la foto... En fin, me puse furioso.

–Intenté decírtelo –observó Isobel.

Rafael hizo una mueca.

–Lo sé. Créeme, he aprendido la lección. De ahora en adelante, esté haciendo lo que esté haciendo, siempre me pondré al teléfono cuando llames.

Isobel retrepó en el asiento y sintió un hormigueo en el estómago.

–Gracias por apoyarme hoy.

Rafael le lanzó una rápida mirada de soslayo.

–El lunes me tomaré algunas horas libres para acompañarte a ver propiedades.

Sin saber por qué la idea le pareció tan amenazante, Isobel contestó:

–No, no es necesario. Tú estás demasiado ocupado para eso.

Rafael sonrió irónicamente.

–¿Cuánto te pidió el hombre de la foto por el edificio que te enseñó?

Isobel nombró una cifra y Rafael, tras un respingo, sacudió la cabeza.

–Te vio venir. Debía de saber quién eres, por eso te dio un precio tres veces lo que debía valer. No, la próxima vez voy a ir contigo. Déjale tratar conmigo.

Estaban saliendo por la puerta del cuarto de estar cuando Isobel ya no pudo seguir conteniéndose.

–¿A qué se estaba refiriendo Bob cuando te llamó sentimental?

Rafael se volvió despacio. Los músculos de su rostro se tensaron y su expresión se cerró.

–Se estaba refiriendo a un titular de un periódico.

–¿De qué periódico? –Isobel insistió, impaciente con la evidente desgana de Rafael de dar explicaciones.

Rafael apretó los dientes.

–El mismo en el que has salido tú.

Isobel esperó, pero Rafael no pareció dispuesto a continuar y ella, tras un suspiro, volvió al cuarto de estar y, con alivio, vio que el periódico seguía en la papelera. Lo sacó y ojeó las páginas hasta que vio un titular y el artículo. Y leyó:

Rafael Romero, en el fondo un sentimental, está en tratos para comprar una planta de productos electrónicos con el fin de traer de vuelta a cientos de inmigrantes ilegales y darles empleo...

Se le encogió el corazón mientras continuaba leyendo rápidamente. Según el artículo, Bob Caruthers era el socio de Rafael en las negociaciones en Estados Unidos. La intención era abrir una planta en Argentina con los mismos trabajadores que habían ido a Estados Unidos en busca de trabajo. Al que quisiera quedarse en USA, se le iba a ofrecer ayuda legal gratis con el fin de obtener un visado. Rafael se había responsabilizado personalmente de cada uno de los inmigrantes.

A Isobel se le cayó el periódico de las manos. Se sentía mareada; en esta ocasión, por diferentes motivos. Estaba avergonzada de sí misma. No creía poder volver a mirar a los ojos a Rafael. Le había juzgado mal desde el principio.

Rafael parecía tan desafiante como ella avergonzada, y se dio cuenta de que no le gustaba encontrarse en esa posición.

—Lo siento, Rafael. Perdona. No tenía derecho a juzgarte basándome en un artículo que leí sobre ti.

Él hizo una mueca.

—No puedo culparte del todo. Teníamos que mantenerlo en secreto el mayor tiempo posible para proteger a los inmigrantes. Estoy participando con el gobierno en un programa que intenta crear puestos de trabajo con el fin de evitar que emigre la fuerza de trabajo cualificada. Bob Caruthers trabaja en esto desde Estados Unidos y es mi enlace para tratar los asuntos referentes a la construcción de la empresa aquí. Hasta el momento, las negociaciones han sido muy delicadas, y Bob aún no ha dado firmado el contrato que selle el trato. No está obligado a dar el visto bueno al traslado de la empresa aquí, a Argentina.

Isobel se lo quedó mirando con incredulidad.

A Rafael se le contrajo el pecho por la forma como Isobel le estaba mirando. Los ojos de ella le penetraban, contenían una emoción indescriptible. Empezó a sentir algo y sólo se le ocurrió una forma de evitarlo...

Tras tres largas zancadas, cruzó la habitación y colocó las manos en el rostro de ella. El deseo le sobrecogió. Los ojos de Isobel se veían enormes e intensamente oscuros. Ella abrió la boca y la pasión le corrió por las venas.

—Ya estoy harto, Isobel. Esta noche te vas a acostar conmigo.

Un rato después, vestida para la función con fines benéficos de aquella tarde, Isobel había recuperado la compostura. En el asiento posterior del coche, era consciente de las miradas soslayadas de Rafael y las sentía como ardientes caricias en la piel desnuda.

Llevaba un vestido de cóctel hasta la rodilla, estaba sentada con las piernas juntas, ligeramente ladeadas, y tan lejos de Rafael como le era posible. Aún trataba de asimilar lo que había descubierto respecto al trabajo de Rafael y seguía avergonzada de lo equivocada que había estado. Y por ello se sentía expuesta y vulnerable, demasiado vulnerable para acostarse con Rafael esa noche.

Tras el corto trayecto, el coche se detuvo a las puertas de uno de los hoteles más lujosos de Buenos Aires. Dentro, en el salón de fiestas, cientos de mesas rodeaban una pista de baile, ocupada a su vez por mesas mostrador con los objetos que iban a subastarse.

Después de la cena y de la subasta, en la que Rafael se había dejado una pequeña fortuna, los empleados comenzaron a despejar la pista de baile.

Isobel no pudo evitar sentir una vez más su profundo desagrado por la superficialidad de aquella función social.

Rafael se inclinó hacia ella.

–¿Qué te pasa? Por la cara que tienes parece que estuvieras comiendo limones.

Isobel apretó los dientes.

–Me resulta difícil estar aquí sentada viendo a la élite social tirar el dinero cuando la obra benéfica a la que va destinado sólo se quedará con un pequeño porcentaje.

–Vuelves a juzgar sin suficientes datos –le dijo Rafael con voz profunda.

Isobel se avergonzó de lo que Rafael acababa de recordarle.

–Es sólo un juego, igual que todo lo demás. La gente que está aquí se cuenta entre la más poderosa del país. Hasta cierto punto, tienes razón en lo que has dicho. Pero no estás teniendo en cuenta otros factores. Te voy a poner un ejemplo. Yo he donado mucho dinero a una obra benéfica que patrocina la marquesa Consuelo Valderosa; por eso, ella, a su vez, se verá obligada a dar su apoyo, y su ilustre nombre, a una obra benéfica que patrocino yo y que cuenta con muchos menos medios económicos. Lo importante es saber jugar bien las cartas que uno tiene, Isobel.

Isobel se lo quedó mirando en silencio. La mirada de Rafael era oscura e hipnótica. Sintió un profundo calor por dentro.

Rita eligió ese momento para, desde el lado opuesto de la mesa, inclinarse hacia delante y decirles con voz animada:

–Están tocando un tango, *Scent of a Woman*. Nos encantaría veros bailar.

Isobel miró a Rita y comenzó a disculparse:

–Lo siento, pero no sé si...

Rafael le tomó la mano y la miró con ojos brillantes.

–Por supuesto que sí, bailaremos un tango dedicado a vosotros. ¿Verdad, cariño?

Isobel, a regañadientes, se dejó llevar a la pista de baile, donde unas parejas intentaban sin éxito seguir los pasos de la famosa escena de la película.

–La falda de mi vestido es demasiado estrecha –protestó ella–. No voy a poder bailar bien.

Rafael miró hacia abajo y se agachó. Isobel oyó como si algo se desgarrase. Rafael se puso en marcha de nuevo y ella sintió una leve brisa. Al mirar hacia abajo, vio que Rafael, sin ningún esfuerzo, le había arrancado parte de la falda del vestido, dejándolo a media pierna.

La condujo hasta el centro de la pista de baile y ella, alzando el rostro, le miró.

–¿Qué demonios crees que...?

Pero las palabras se le ahogaron en la garganta en el momento en que Rafael la rodeó con los brazos, estrechándola contra sí. La abrazaba con fuerza cuando comenzó a moverse.

Los pies de ella le siguieron natural e instintivamente, pero ese tango no se parecía en nada al tango que bailaron juntos en París. Éste era todo sensualidad y debía de ser diametralmente opuesto al que bailaban sus abuelos.

Isobel sintió que el vestido seguía desgarrándosele

mientras bailaban. Cerró los ojos al ver que las demás parejas se apartaban para dejarles la pista y verles bailar.

Isobel sintió una pierna de Rafael entre las suyas, obligándola a levantar una pierna en un paso conocido como bolero. El corazón parecía querer salírsele del pecho. Entonces, Rafael la movió de tal manera que la obligó a inclinarse aún más sobre él.

Cuando Rafael la hizo enganchar una pierna con la de él, sintió la tensión de los poderosos músculos de su muslo. Abrió los ojos para suplicarle con la mirada que parara aquella tortura de los sentidos. Los negros ojos de Rafael le secaron la garganta. En el rostro llevaba escritas sus intenciones: aquella noche iba a poseerla.

Durante un instante, Isobel creyó que iba a besarla y la piel se le cubrió de una fina capa de sudor. Pero Rafael rompió el contacto con los ojos y continuó bailando.

Isobel se sentía extremadamente expuesta, vulnerable. Ese tango se había convertido en una muestra del dominio sensual de Rafael sobre ella y, con cada movimiento, con cada paso de baile, le pareció que Rafael era más y más consciente de lo mucho que le deseaba.

Por fin, sonaron los últimos acordes de la melancólica música. Isobel respiraba trabajosamente y se sentía mareada. Estaba en la típica pose suplicante de tango: echada hacia atrás y mirando al rostro de Rafael.

Los presentes comenzaron a aplaudir, pero fue la mirada triunfal de Rafael lo que la provocó. Actuó siguiendo el instinto. Liberó su mano de la de Rafael y le dio una bofetada.

Se hizo un profundo silencio. Los aplausos cesaron.

De repente, antes de darse cuenta de lo que ocurría, Rafael volvió a agarrarla, tiró de ella hacia sí y le aplastó la boca con la suya. Con dureza y ardor, penetrándola con la lengua. Y ella le recibió y le respondió, con enfado, agresivamente, mordisqueando. En ese momento, le odiaba por todo lo que la hacía sentir.

Arqueó el cuerpo para acoplarse al de él, como si quisiera fundirse con él. Era como si hubiera cruzado una línea de demarcación y ya no pudiera volver atrás, sobrecogida por la pasión y el deseo. Entonces, Rafael se separó de ella, aunque aún tomándole la mano.

Atónita y vulnerable, Isobel le siguió con paso tembloroso fuera de la pista de baile. Con alivio, vio que otra gente se había puesto a bailar.

Isobel apenas se dio cuenta de que Rafael daba unas breves órdenes a una persona; después, se encontró cruzando el vestíbulo del hotel para salir a la calle, donde el coche les estaba esperando.

Sentada en el asiento posterior y aún aturdida, Isobel declaró con enfado:

–No voy a pedirte disculpas. Podría haber sido un baile normal, pero tú... lo convertiste en algo sumamente indecente.

Isobel le lanzó una rápida mirada y le vio pasarse una mano por el cabello.

–Lo único indecente ha sido la intensidad de la

frustración sexual. Ni yo he sido capaz de bailar decentemente ni tú de rodearme el cuerpo con el tuyo.

Isobel se ruborizó al recordar lo que había sentido con la pierna de Rafael entre las suyas. Sí, un tango era la expresión vertical de un acto horizontal. Era un baile excitante.

–Tengo que recordarte que has sido tú quien me ha arrancado el vestido como un troglodita.

En ese momento, el coche se detuvo delante de la puerta de la casa. Rafael no contestó y salió. Antes de que ella pudiera hacer lo mismo, Rafael le abrió la portezuela.

Isobel lanzó un grito cuando Rafael, con un movimiento rápido, la sacó del coche y se la cargó al hombro.

Isobel cerró la boca, consciente de que era inútil decir nada. Además, sentir los músculos del hombro de Rafael bajo el cuerpo la había dejado sin habla.

Arriba, dentro del dormitorio de Rafael, éste cerró la puerta de un puntapié.

De repente, Isobel se vio de nuevo de pie y respirando trabajosamente. Sentía excitación y temor. Sabía que estaba perdida, su deseo era demasiado intenso para resistirse. No le quedaban defensas.

Sin embargo, sin pensar, saltó:

–No te acerques a mí. Eres un troglodita.

La tensión emanaba de él. Los músculos de la mandíbula se le movieron. Sus ojos eran dos pozos negros.

Isobel quiso que Rafael cruzara la distancia que los separaba, que la tomara en sus brazos y que silenciara los ecos de su corazón.

Pero entonces, en un abrir y cerrar de ojos, la tensión se disipó. Rafael se acercó de nuevo a la puerta y, en voz baja y tensa, dijo:

–Maldita seas, Isobel.

Entonces, Rafael abrió la puerta y se marchó.

Capítulo 9

EN EL MOMENTO en que Rafael se marchó, Isobel se vino abajo, como si se hubiera quedado sin fuerzas de repente. Se sentó en la cama de Rafael. ¿Qué había pasado? Rafael se había ido, demostrando de nuevo que tenía mucho más control que ella. El deseo hacía que el cuerpo le doliera.

De repente, vio todo claro. Sólo podía hacer una cosa, sólo quería estar en un lugar, sólo con una persona.

Tenía que dejar su marca en ese hombre, no iba a seguir negándolo. Y no disponía de tiempo para pensar en las consecuencias.

Rafael contemplaba las brasas del fuego que Juanita debía de haber encendido por la tarde. Se llevó la copa a los labios con mano temblorosa.

Volvió a preguntarse por qué se había marchado de la habitación y por qué no la había poseído. Tuvo que reconocer que era porque la deseaba tanto que ni siquiera podía pensar con la cabeza. Al llegar a la habitación, se había dado cuenta de que jamás había deseado tanto a una mujer, ni siquiera a Ana, de quien había creído estar enamorado. Y al pensar en las consecuencias...

La puerta hizo un ruido y se puso tenso.

Isobel empujó la hoja de la puerta y, al abrirla, vio a Rafael de pie delante de la chimenea. Le vio levantar el brazo y beber. Luego, él dijo con aspereza.

—Vete, Isobel. No estoy de humor para tus juegos.

Isobel dio un respingo, sentía dolor en el corazón. Se adentró en la estancia y cerró la puerta tras sí. El pulso le latía con fuerza mientras contemplaba el fuerte cuerpo de Rafael cubierto con el esmoquin negro. Sin embargo, advirtió cierta vulnerabilidad en él, quizá por su postura.

Rafael siguió sin volverse, pero parecía tener ojos en la nuca.

—Te he dicho que...

—Te he oído —le interrumpió ella—, pero no voy a marcharme.

Rafael echó la cabeza atrás, vaciando el vaso de lo que fuera que había contenido; después, lo dejó en el dintel de la chimenea. Y entonces, muy despacio, se dio media vuelta.

Lo único que Isobel vio fueron esos ojos oscuros al otro lado del cuarto de estar penetrándola, traspasándola. Quemándola. Rafael había deshecho el lado de la pajarita y ésta colgaba de su cuello. También se había desabrochado los dos botones superiores de la camisa.

Isobel casi no podía respirar.

Rafael se cruzó de brazos.

—¿Has venido a seguir insultándome, Isobel? ¿Quieres continuar jugando conmigo?

Isobel avanzó unos pasos y se detuvo a un par de metros de Rafael. La piel le ardía y le picaba.

–Yo...

–¿Tú, qué? –dijo Rafael en tono burlón.

Instintivamente, Isobel extendió un brazo y agarró el de Rafael.

–Lo siento. Rafael, jamás he tenido la intención de jugar contigo. He luchado contra ti, contra mí misma... pero ya no puedo seguir haciéndolo –alzó el rostro y le miró fijamente a los ojos–. Yo... te deseo, Rafael.

Una dura sonrisa burlona asomó a los labios de él, partiéndole el corazón a Isobel.

–¿Que me deseas?

Ella asintió.

–Creo que necesitas explicarte mejor, Isobel. Para evitar malentendidos, ¿te parece? No me gusta que me llamen troglodita ni que no me dejen más opción que comportarme como un cavernícola. ¿Te resulta más fácil acostarte con un sentimental que con el cruel magnate que creías que era?

Isobel volvió a dar un respingo y bajó los ojos al suelo, sabía que se merecía esas palabras. Rafael había demostrado ser un hombre íntegro.

–Quiero que me hagas el amor, Rafael –Isobel tragó saliva–. Yo... lo que pasa es que antes no estaba preparada. No podía...

Rafael se sacó una mano del bolsillo y, con un ademán, interrumpió lo que iba a decir:

–Ya está bien de explicaciones, Isobel, son innecesarias. Has venido a decirme que estás lista para acostarte conmigo, ¿no es eso?

Isobel, aunque sintiéndose agredida, asintió.

Rafael, con gesto de no darle importancia, se quitó la chaqueta y la tiró encima del brazo de un sillón antes de acercarse y sentarse.

Isobel, muy quieta, le observó.

Entonces, después de apoyar los codos en los brazos del sillón y con una expresión imposible de interpretar, Rafael la miró y dijo con voz gutural:

–Quítate la ropa.

Isobel se lo quedó mirando con horror.

–¿Quieres que me desnude... aquí?

Rafael inclinó la cabeza.

–¿Tan difícil te resulta de entender, Isobel?

–¿Quieres hacer el amor aquí? –preguntó ella, sin darse cuenta de la vulnerabilidad que se advertía en su voz.

–Isobel, o te quitas la ropa o te la quito yo aunque sea a tirones.

Además de nervios y humillación, Isobel también sintió excitación y deseo. Pensó en esto último, se aferró a esa sensación como si fuera su ancla.

Rafael se recostó en el respaldo del sillón como un rey de la antigüedad en su trono contemplando a su concubina.

Isobel se llevó una mano a un costado para bajarse la cremallera del vestido. Comenzó a bajarla y los dedos le erizaron la piel...

De repente, no pudo soportar la fría mirada e Rafael y se volvió. Durante unos segundos, las lágrimas afloraron a sus ojos. Jamás habría imaginado nunca que la primera vez iba a ser así, pero ese hombre le había cambiado la vida.

La cremallera del vestido produjo un ruido increíblemente alto en el silencio de la estancia. Isobel respiró hondo y dejó que el cuerpo del vestido le cayera a la cintura, mostrando su espalda desnuda a Rafael.

Después de volver a respirar profundamente, con lágrimas en los ojos, Isobel se bajó el vestido hasta dejarlo caer a sus pies. Cerró los ojos un momento. Se sentía completamente desnuda con sólo unas diminutas bragas. Cruzando los brazos sobre los pechos, se dio media vuelta.

Rafael parecía una estatua de piedra. No se le movía un solo músculo. Lo único que se le movían eran los ojos, de abajo arriba...

La piel le picó en todo el cuerpo.

—Baja los brazos. Quiero verte.

Mordiéndose los labios, Isobel dejó caer los brazos y cerró las manos en dos puños. Conscientemente, hizo un esfuerzo por no pensar que Rafael debía de estar comparándola con su despampanante ex novia.

De repente, se dio cuenta de que no podía seguir con aquello. No podía continuar delante de él como si fuera una esclava en un mercado esperando a que la compraran.

—Yo... no puedo, Rafael, no puedo. Lo siento.

Isobel se volvió y bajó la cabeza. Las lágrimas le resbalaron por las mejillas.

Entonces sintió movimiento a sus espaldas. Rafael la agarró del brazo y la obligó a volverse. Sintió un dedo en la barbilla obligándola a levantar la cabeza y oyó la voz de Rafael insoportablemente áspera:

—Isobel, te lo juro, esta vez has ido demasiado lejos...

Entonces se interrumpió, y ella se dio cuenta de que debía de haberle visto las lágrimas.

–Abre los ojos –dijo él.

Isobel sacudió la cabeza.

–Nunca he hecho esto, Rafael. Siento no ser más sofisticada, pero... No sé cómo seducirte.

Rafael se quedó muy quieto.

–¿Qué es exactamente lo que quieres decir?

–Nunca me he acostado con un hombre.

Rafael frunció el ceño y luego murmuró algo ininteligible.

–Lo sospechaba. Pero cuando me dijiste que habías tenido amantes...

Isobel volvió a negar con la cabeza.

–Estaba enfadada. No quería que supieras que soy virgen.

Rafael le puso una mano en la nuca y la atrajo hacia sí.

–¿No quieres hacer el amor?

Isobel, una vez más, sacudió la cabeza.

–Sí quiero, pero no si tú sigues mostrándote tan frío.

Los ojos de Rafael la quemaron. De repente, estaba muy serio.

–Perdóname, Isobel. Yo también estaba enfadado. No sabes lo mucho que te deseo... No se me ocurrió... Creo que lo mejor será ir a un sitio más cómodo teniendo en cuenta que es tu primera vez.

–De acuerdo –contestó ella, consciente de que no había marcha atrás.

Rafael la cubrió con la chaqueta del esmoquin y la levantó en sus brazos. En cuestión de segundos, estaban de nuevo en la habitación de él y con la puerta firmemente cerrada.

Con ella aún en los brazos, Rafael se la quedó mirando durante un prolongado instante. A ella casi le dolía respirar.

Y entonces, como si no soportara la idea de soltarla, Rafael bajó el rostro y le rozó los labios con los suyos mientras sus brazos la estrechaban con más fuerza. Ella le rodeó el cuello con los brazos y se sumió en el beso, las llamas de la pasión haciéndose cada vez más ardientes.

Isobel cambió de postura en los brazos de él. Rafael continuó besándola con pasión antes de alzar la cabeza para volver a inclinarla con el fin de besarle los senos. Ella se agitó de excitación.

Despacio, Rafael la dejó de pie. Ella continuó aferrada a su cuello, su cuerpo entero era una masa de sensaciones y energía frustrada, y esperó con impaciencia a que Rafael se quitara la pajarita y se desabrochara la camisa al tiempo que daba un paso hacia delante. Isobel, a su vez, retrocedió un paso mientras se quitaba la chaqueta del esmoquin. Continuaron así hasta que ella se tropezó con la cama.

Isobel cayó sentada encima del colchón. Rafael se despojó de la camisa y ella abrió desmesuradamente los ojos al verle el torso desnudo salpicado de vello rizado negro. Los músculos del vientre de Rafael estaban perfectamente delineados y una línea de vello descendía por ellos hasta desaparecer bajo la cinturilla del pantalón.

Isobel tragó saliva, alzó la mirada y clavó los ojos en los de él. Oyó la cremallera de los pantalones y éstos cayeron al suelo. Entonces, Rafael la tumbó en la cama y se inclinó sobre ella.

Rafael le acarició un pezón, haciéndola morderse los labios para evitar gemir de placer.

–¿Sabes cuánto tiempo llevo soñando con esto? –le preguntó él con voz ronca.

Isobel sacudió la cabeza.

–Demasiado.

Rafael le cubrió la boca con la suya y ella se sintió perdida, se ahogó en un mar de placer que jamás había imaginado que pudiera existir... y olvidó todos sus temores y preocupaciones.

Sobre todo, cuando Rafael comenzó a recorrerle el cuerpo con la boca y a chuparle un pezón.

Isobel casi lloró de frustración. Arqueó la espalda a modo de súplica y sintió el fuerte y poderoso cuerpo de Rafael entre sus piernas, y sintió espasmos en el centro de su ser.

Rafael se apartó ligeramente para mirarla. Tenía los ojos sumamente brillantes cuando, despacio, le quitó las bragas, tirándolas al suelo.

Ahora, Isobel estaba completamente desnuda, pero una rápida mirada confirmó que Rafael aún llevaba puestos los calzoncillos. Demasiado excitada y confusa para decir nada, se limitó a observarle mientras él parecía retroceder mientras le acariciaba los costados a la altura de las caderas, los muslos...

–Rafael, ¿qué estás...?

Se interrumpió cuando Rafael le separó las piernas y luego, después de bajar la cabeza, le besó el vientre y más abajo. Y entonces fue cuando sintió el aliento de él en la entrepierna...

–Relájate, querida, ya verás como te gusta. Te lo prometo.

Y entonces, su mundo dejó de girar, cuando sintió la boca y la lengua de Rafael en ese húmedo y secreto rincón de su cuerpo. Agarró con fuerza la sábana y arqueó la espalda.

–Raf... ael...

Rafael se mostró brutal, intenso, provocando respuestas de las que ella jamás se habría creído capaz. Con la boca, la hizo alejarse del mundo que conocía hasta ese momento. Trató de aferrarse a la realidad, pero, al final, se le escapó.

Se puso tensa. Y después... un exquisito placer, algo que pulsaba dentro de ella. El mundo giraba, ella estaba mareada. Se dio medio cuenta de que Rafael se estaba quitando los calzoncillos y, al instante, sus brazos volvieron a rodearla.

–¿Estás bien? –le preguntó, mirándola fijamente.

Isobel asintió. Entonces sintió la dura erección de Rafael en el muslo e, instintivamente, bajó la mano para tocarle.

Se sintió exaltada al rodear con los dedos aquel órgano duro. Le oyó tomar aire y entonces Rafael le cubrió la mano con la suya y se la apartó suavemente.

–Ya tendremos tiempo para eso, querida. Pero ahora... no puedo esperar.

Instintivamente, cuando Rafael se colocó, Isobel se abrió de piernas. Le sintió empujar mientras sentía una curiosa desazón en el cuerpo, como si quisiera saciar algo que estaba creciendo dentro de ella. Se movió inquieta. Y entonces Rafael se deslizó en ella, despacio y con cuidado.

Isobel se arqueó hacia él, pero Rafael retrocedió y gruñó:

–No. Esto te va a doler un poco. Deja que yo marque el ritmo –la besó en los labios, aún conteniéndose.

–Rafael –gimió ella, suplicándole–. Por favor, Rafael. Estoy bien.

Con un rápido movimiento, Rafael la penetró completamente. Isobel jadeó al sentirle inmerso en su cuerpo. Con un leve gesto de caderas, le indicó que estaba bien.

El ritmo de los empellones de Rafael se aceleró e Isobel le rodeó la cintura con las piernas, exigiendo más y más, gimiendo de placer.

Ninguno de los dos podía respirar y lo que ella había sentido antes no era nada comparado con las sensaciones de ese momento. El placer era casi doloroso. Rafael continuó moviéndose y, por fin, ella se vio arrastrada por un oleaje orgásmico que la hizo contraer los músculos internos alrededor de Rafael al tiempo que él también se ponía rígido durante un prolongado momento... y entonces sintió un cálido líquido dentro de su cuerpo.

Al cabo de un rato, tumbados el uno al lado del otro y abrazados, se cubrieron con las sábanas. Isobel, que tenía la cabeza sobre el hombro de Rafael, la alzó y preguntó con timidez:

–¿Es siempre... así?

Rafael rebosaba orgullo viril, más aún ahora que sabía que era el primer amante de Isobel. Volvió la cabeza para mirarla y la besó en la frente.

–Si te refieres a nosotros dos, sí lo será.

Poco a poco, extenuados y saciados, se quedaron dormidos.

Isobel se despertó de un sobresalto. Se encontró en una cama desconocida y con una extraña sensación en su dolorido cuerpo... y otro cuerpo muy cálido junto al suyo. Al instante, lo recordó todo y un intenso calor le subió por el cuerpo.

Lanzó un quedo gruñido. Por suerte, Rafael ya no la tenía abrazada. Le miró de reojo y el corazón le dio un vuelco al verle tan arrogantemente satisfecho y relajado, con sus largas y fuertes extremidades en postura de abandono. La sábana apenas podía enmascarar la evidencia de su impresionante miembro.

Se ruborizó al recordar cómo le había tocado y lo que había sentido al tenerle dentro de su cuerpo. De repente, se vio presa de un ataque de pánico y saltó de la cama. Se quedó muy quieta, segura de que le había despertado. Pero Rafael seguía durmiendo, aunque había cambiado de postura en la cama.

Isobel no podía creerlo. Se había propuesto hacer que ese hombre se divorciara de ella y la noche anterior lo había olvidado por completo. Se tocó los labios, los tenía hinchados. Dio un respingo al recordar cómo se había abrazado a Rafael.

Sin molestarse siquiera en buscar la ropa interior, salió de la habitación de Rafael y fue a la suya, segura de que a él no le gustaría despertarse con su esposa pegada a él como una lapa.

Sólo debía de haber dormido unos diez minutos cuando se despertó sobresaltada y vio a Rafael junto a su cama, completamente desnudo. Un intenso calor le subió por el cuerpo y agarró con fuerza la sábana.

—¿Qué pasa?

—¿Qué demonios crees tú que pasa?

Isobel sintió un calor líquido en la entrepierna.

—Estoy durmiendo.

—¿Qué haces aquí? Anoche, si no recuerdo mal, estabas en mi cama, como debe ser.

Isobel estaba resentida por lo fácil que a Rafael le resultaba dominarla.

—Quería estar en mi cama. Quería estar sola.

Rafael se agachó y le arrebató la sábana.

—¿Cómo te atreves...?

Ignorándola, Rafael la levantó en sus brazos sin aparente esfuerzo. Ella forcejeó furiosa, el cuerpo se le derretía y le ardía simultáneamente. Se había puesto un pijama de seda y, a través del fino tejido, podía sentir la caliente piel de Rafael.

Rafael la llevó a su habitación y la dejó caer en la cama. Se tumbó al lado de ella e... Isobel dejó de forcejear.

El largo, esbelto, desnudo y excitado cuerpo de Rafael estaba pegado al suyo otra vez, y una vez más se sometió a las caricias de ese hombre. Y tembló.

—¿Estás dolorida?

Isobel sacudió la cabeza. No, no estaba dolorida.

—Estupendo. Porque esta vez vamos a tardar un poco más... Y no quiero volver a oír eso de que necesitas tiempo para estar sola, ¿de acuerdo?

Capítulo 10

UNAS horas más tarde Isobel se despertó, estaba sola en la cama.

Se dio la vuelta, escondió el rostro en la almohada y lanzó un gemido. Sus temores se veían confirmados, su relación íntima con Rafael había despertado en ella sentimientos. La confusión la hacía querer reír y llorar al mismo tiempo. Pero se negaba a contemplar la posibilidad de que esas emociones fueran profundas.

Volvió a darse la vuelta y se quedó mirando el techo. Lo que sentía tenía que deberse al hecho de que había perdido la virginidad, era algo biológico.

La puerta del dormitorio se abrió. Era Juanita con una bandeja en la que había zumo de naranja. Dejó la bandeja al lado de ella, que se ruborizó, pero Juanita se limitó a sonreír.

Isobel parpadeó y se quedó observando a Juanita mientras ésta descorría las cortinas. ¿Qué le pasaba? ¿Le había sonreído?

–El señor Romero se ha marchado a la oficina. Me ha pedido que le diga que yo voy a trasladar sus cosas a esta habitación.

–Pero... –Isobel fue a protestar, pero calló al ver la mirada de Juanita–. Está bien.

No tenía fuerzas para seguir luchando. Además, lo único en lo que podía pensar era en la noche de ese día y en todas las noches después de ésa... con Rafael.

El fin de semana llegó a su fin y Rafael la llenaba: cuerpo, mente y alma. Sólo se habían acostado juntos dos noches, pero ya le resultaba imposible recordar los tiempos en los que los posesivos brazos de Rafael no la habían protegido durante el sueño.

Por lo tanto, cuando el lunes durante el desayuno Rafael le dijo que seguía con la intención de acompañarla a ver al agente inmobiliario, ella protestó.

—En serio, no es necesario. Sé que estás muy ocupado...

Rafael se limitó a mirarla.

—Voy a ir contigo, tanto si te gusta como si no. Así que prepárate que nos vamos.

Al ver la implacable expresión de Rafael, ella dejó de discutir.

El efecto que la presencia de Rafael tuvo en La Boca fue casi cómico. El agente inmobiliario bajó tanto el precio que ella casi se sintió culpable.

En poco tiempo, se encontraron en una enorme sala vacía de altos techos y ventanas inmensas. Era perfecta para lo que ella quería.

Rafael bajó el rostro y le rozó la comisura de los labios con un beso.

—Si te gusta este sitio, lo arreglaré todo para que sea tuyo inmediatamente.

A Isobel le estaba costando conservar el equilibrio. Le asustaba la facilidad con que Rafael estaba transformando su mundo.

Pero asintió.

–Sí, me parece bien.

Salieron del edificio de la mano. Isobel tenía miedo de lo que sentía por Rafael, ahora que no tenía motivos para odiarle.

Al día siguiente, mientras ayudaba a Juanita a trasladar sus cosas al cuarto de Rafael, vio al ama de llaves con una caja en los brazos.

–¿Qué quiere hacer con esto?

Isobel reconoció la caja de madera de palo de rosa que se había llevado de la estancia. Le explicó a Juanita que no tenía la llave y que quería abrirla, y Juanita la condujo al garaje, a un lado de la casa, donde un hombre que Rafael empleaba para arreglar cosas que se estropeaban estaba trabajando.

Isobel le saludó con cierta timidez, consciente de que no había hecho ningún esfuerzo por conocer a los empleados.

En unos minutos y sin dañar la caja, Carlos la abrió. Después de darle las gracias, ella regresó a la casa y se adentró en su suite, ahora ya vacía. Se sentó con las piernas cruzadas encima de la cama y abrió la tapa de la caja.

Encontró montones de cartas atadas con lazos. Abrió una de ellas y se dio cuenta de que eran cartas de amor. Eran cartas de amor que se habían escrito sus abuelos, desde la adolescencia a la boda.

En el interior de la tapa, había grabada una inscripción: *Juntos toda la vida, mi amor*. Y a sus ojos asomaron unas lágrimas.

Después de leer las cartas, cerró la caja y juró llevarla al sitio donde debía estar: el mausoleo en el que estaban enterrados sus abuelos. Se encontraba muy sensible después de haber leído alto tan íntimo y privado, y no pudo contener el llanto. Con enfado, se secó las lágrimas mientras trataba de convencerse a sí misma de que lloraba por el pasado... pero no era así, no debía seguir engañándose.

Lloraba porque no conocía un amor como el de sus abuelos, un amor correspondido.

Se tumbó en la cama, decidida a enfrentarse a la verdad. Sí, estaba enamorada de Rafael.

Rafael entró en la habitación en penumbra y vio a Isobel tumbada en el desnudo colchón del ahora vacío cuarto. Sintió una súbita cólera al suponer que Isobel iba a insistir en permanecer en ese dormitorio, a pesar de haberse acostado con él.

Pero entonces se contuvo y lanzó una maldición al notar que ella había estado llorando, en las suaves mejillas se veía el surco seco de las lágrimas. Al instante, se le hizo un nudo en el estómago.

Fue entonces cuando reconoció la caja. Con cuidado de no despertar a Isobel, agarró la caja, la abrió, sacó una carta y la leyó. Mientras leía, su expresión ensombreció.

Con sigilo, guardó la carta, cerró la caja y la dejó donde la había encontrado. Se enderezó en el momento en que Isobel abría los ojos.

–¿Qué hora es? –preguntó ella con voz ronca–. Me he quedado dormida.

–Son las siete.

Isobel se incorporó en la cama. Tenía el cabello revuelto y estaba irresistible. Y él tuvo que hacer un ímprobo esfuerzo para no hacerle el amor. Sin embargo, en ese momento, era un lujo que no podía permitirse.

–Creía que ibas a volver más tarde del trabajo.

–Sí, yo también lo creía, pero he venido porque necesito tu ayuda.

Se sentía insoportablemente vulnerable y sensible tras la lectura de las cartas de amor de sus abuelos, a lo que había que añadir el efecto que en ella tenía estar sentada al lado del hombre que le había hecho el amor con una intensidad extrema. Por lo tanto, se refugió en lo que la hacía sentirse más segura: apartar a Rafael de sí. No obstante, era consciente de lo inútil de esos esfuerzos porque Rafael ya había derrumbado sus defensas.

Rafael le había explicado que Bob Caruthers estaba algo nervioso después de presenciar su exhibición pública la otra noche y de que se hubieran marchado sin despedirse siquiera. A lo que había que añadir la noche que Rafael, prácticamente, la había llevado a cuestas a la casa de lo borracha que estaba.

–No es sólo culpa mía, Rafael. No soy yo quien inició un tango apropiado para las calles de La Boca.

Los labios de Rafael eran una dura línea.

–Te dije que una de las razones por las que quería

casarme era para que cesaran las habladurías. Hasta el momento, no lo estamos haciendo muy bien.

—Quizá se deba al hecho de que este matrimonio no fue de mutuo acuerdo. Los dos nos vimos obligados a ello.

—Dejémoslo estar, Isobel. Esta noche, hagamos como si estuviéramos unidos, ¿de acuerdo?

Realizaron el trayecto al restaurante en silencio. Isobel se dejó llevar de la mano al interior del restaurante, donde se reunieron con Bob y Rita.

La velada entera se redujo a una demostración de los buenos modales propios de las clases altas. Eso fue todo.

De vuelta en la casa, Isobel se volvió a ese hombre que, de repente, le parecía un extraño y, al mismo tiempo, alguien a quien conocía de toda la vida. Fue a hablar, pero Rafael le selló los labios con un dedo. Entonces, comenzó a acariciarle el cabello y a besarla hasta quitarle el sentido.

Por fin, se apartó de ella y la miró intensamente.

—Gracias por tu ayuda esta noche. Cuando estabas recogiendo el abrigo, Bob Caruthers me ha dicho que va a firmar el contrato para montar el negocio aquí. Lo hemos conseguido.

Un inmenso alivio la invadió.

—No sabes cuánto me alegro —respondió ella con voz ronca—. No me gustaría sentirme responsable de estropear algo tan importante.

Rafael la estrechó contra su cuerpo y ella sintió su erección. Una llama líquida le corrió por las venas y la hizo temblar.

—¿Lo ves? Formamos un buen equipo.

–Es posible –fue todo lo que ella pudo decir.

–De posible, nada. Es así –contestó Rafael.

Y al instante, la levantó en los brazos y la llevó al piso de arriba.

Un mes más tarde, Isobel se estaba arreglando para recibir a los invitados que iban a cenar a su casa aquella noche. Casi no daba crédito a lo mucho que había cambiado de opinión respecto a Rafael. Su marido era un filántropo, y el motivo de que no se le reconociera era su profunda humildad, Rafael no quería que nadie se enterase de sus obras benéficas.

Isobel salió del dormitorio para bajar y reunirse con su marido. No puedo evitar sentir un nudo en la garganta. A pesar de que su vida sexual era sumamente intensa e increíblemente satisfactoria, Rafael no se abría emocionalmente a ella. Era evidente que su marido jamás sentiría amor por ella.

Sólo por las noches la frialdad y la distancia se esfumaban. La pasión era intensa, pero seguida de dolor. Ella se acurrucaba junto al cuerpo de Rafael y no podía dejar de pensar que a su marido le habían destrozado el corazón en el pasado y no tenía intención de arriesgarse a que volviera a ocurrirle.

Isobel casi se desmayó al ver a Rafael, tan guapo con el traje negro y la camisa blanca. Hizo lo que pudo por ignorar la violencia de su pulso.

Sin embargo, se le encogió el corazón al verle tan frío y serio. Pero antes de poder hacer ningún comentario, aparecieron los primeros invitados, y no le quedó más remedio que asumir su papel como anfitriona.

Cuando el último de los invitados salió por la puerta, Isobel la cerró con gesto de cansancio y dio las buenas noches a Juanita.

Se llevó una sorpresa al ver a Rafael aparecer en el vestíbulo con las llaves del coche colgando de un dedo.

—Me gustaría llevarte a un sitio, ¿quieres venir conmigo? —preguntó Rafael mirándola con intensidad.

Isobel frunció el ceño.

—¿Ahora?

Rafael asintió.

—De acuerdo —respondió ella.

Sin mediar palabra, Rafael la ayudó a subir al Range Rover.

La llevó a un lugar entre La Boca y San Telmo. Rafael paró el coche en frente de un edificio en ruinas, salió, rodeó el vehículo y le ofreció la mano.

Cruzaron la calle y ella preguntó:

—¿Adónde vamos?

Rafael indicó una puerta, parcialmente oscurecida por unas pesadas cortinas de terciopelo.

—Ahí.

Al entrar, Isobel sintió el calor de muchos cuerpos que se acercaron a recibirles; después, oyó los acordes de un tango. Era una milonga.

Acabaron en un salón de decoración recargada y brillantemente iluminado. Ahí, muchas parejas, ensimismadas, ocupaban una pista de baile.

Rafael la condujo a un asiento en un apartado rincón, a un extremo de la pista de baile, y pidió bebida. Después, dijo:

—Aquí es donde aprendí a bailar el tango. Aquí era donde mi abuela nos traía.

Isobel se lo quedó mirando.

–¿A tu hermano y a ti?

Rafael asintió mientras seguía a los bailarines con la mirada.

–Mi abuela sabía lo que pasaba... lo de las palizas. Creo que nos traía para protegernos... entre otras cosas.

A Isobel se le encogió el corazón al recordar la infancia de Rafael. Le cubrió una mano con la suya. Entonces, Rafael la miró a los ojos con una intensidad que casi la mareó. Durante unos segundos, casi imaginó...

No, no era posible. Y volvió el rostro hacia la pista de baile. Tenía que dejar de esperar lo imposible.

Apartó la mano de la de Rafael. Había cientos de salas de baile como ésa en Buenos Aires, ocupadas por parejas anónimas que bailaban hasta bien entrada la madrugada. Se respetaba un cierto código de conducta: si un hombre quería bailar con una mujer, le hacía una seña desde el otro lado de la sala, ella aceptaba o no, según. Ese lugar no era para los principiantes, sino para los oriundos de aquella ciudad, para los amantes del tango que iban ahí a perderse en aquella música melancólica, en su gran belleza y en su sensualidad.

Por eso, cuando Rafael se puso en pie y le ofreció la mano, Isobel la aceptó. Se levantó y acudió a los brazos de él, pero bajó la cabeza para que no viera en sus ojos lo que sentía su corazón.

Comenzaron a bailar. Una canción dio paso a otra. Isobel perdió la cuenta de los tangos que bailaron, sólo sabía que podía seguir así durante el resto de su vida, con la cabeza bajo la mandíbula de Rafael, los ojos cerrados y sus cuerpos juntos.

Tocaron *Volver*, de Carlos Gardel. Era la canción

que tantas veces había visto bailar a sus abuelos y, con cada paso, con cada palabra de la canción, temió deshacerse.

Era un tango apasionado y erótico, pero también trataba de la profundidad del dolor humano, de pérdida y sufrimiento. La letra de la canción le partió el corazón. Se quedó muy quieta y se separó de Rafael mientras las lágrimas le resbalaban por las mejillas.

Rafael frunció el ceño y le ofreció la mano, pero ella se echó atrás y salió de la pista de baile.

—No —dijo Isobel sacudiendo la cabeza—. No, Rafael. Lo siento, no puedo continuar. No puedo.

Se marchó corriendo de la sala de baile y salió a la calle. Comenzó a caminar sin rumbo, sin saber adónde iba. Oyó unos pasos a sus espaldas. Una mano le agarró el brazo, obligándola a volverse.

Rafael se la quedó mirando.

—¿Qué te pasa?

Isobel se secó las lágrimas con una mano.

—Lo que he dicho, Rafael. No puedo seguir contigo, lo siento. Sé que para ti es suficiente un matrimonio de conveniencia, que lo necesitas para tu negocio, pero para mí no lo es.

—Nunca fue mi intención hacerte desgraciada. Pero lo eres, ¿verdad?

Isobel asintió. Después, alzó el rostro y miró a Rafael a través de las lágrimas. Estaba guapísimo y sintió un gran vacío en el estómago. Tiró de su brazo y Rafael la soltó.

—Quiero el divorcio, Rafael. Si te resulta un problema que seamos copropietarios de la estancia, firmaré lo que quieras, te cederé mi parte. Me conformo con haberla vuelto a ver. Pero no puedo seguir casada contigo, me moriría de pena. Si hubiera amor... pero yo no puedo soportarlo sin amor.

–Sin amor... –repitió Rafael con voz débil.

Por fin, Isobel dejó de llorar.

–En una ocasión dijiste que yo era una romántica. Pues bien, lo admito, lo soy. Para mí es importante querer a la persona con quien se vive y que esa persona te quiera. No puedo soportar la idea de que tengamos hijos y no nos queramos, como pasó con mis padres...

Rafael estaba inmóvil, parecía una estatua.

–¿No me amas? –preguntó él mirándola fijamente.

El instinto de supervivencia respondió por ella.

–Tú siempre has dicho que este matrimonio no tenía nada que ver con el amor. ¿Por qué iba yo a enamorarme de ti?

–Exacto, ¿por qué?

Isobel no podía soportar más aquella conversación.

–Por favor... ¿podríamos volver a casa? Por favor.

Rafael, con el rostro ensombrecido, asintió.

Realizaron el trayecto en silencio. Una vez en la casa, sin mirarle siquiera, Isobel dijo:

–Dormiré en una de las habitaciones de invitados.

–No es necesario que lo hagas, lo haré yo –contestó él.

Isobel se encogió de hombros, aunque se sentía morir por dentro. No tenía idea de lo que iba a hacer de ahí en adelante, sólo sabía que no podía continuar así, junto a él pero sin sentir su amor.

Capítulo 11

A LA MAÑANA siguiente, cuando Juanita entró en el comedor, Isobel trató de esconder las enormes ojeras bajo los ojos. Pero Juanita estaba distraída y sólo dijo:

—El señor Romero me ha pedido que le diga que le llamará más tarde, cuando acabe la reunión que tiene en Nueva York.

Isobel parpadeó. Se le había olvidado por completo que Rafael iba dos días de viaje de negocios a Nueva York. Se retrepó en el asiento ahora que sabía que Rafael no iba a bajar a desayunar y ella no iba a transformarse en un manojo de nervios.

Isobel aprovechó el día para ir a la academia de baile. Habló con decoradores y con albañiles, y entrevistó a posibles profesores de baile para que trabajaran con ella.

Por la tarde, cuando Rafael la llamó al móvil, Isobel notó que estaba distraído. Lo único que le dijo fue:

—Hablaremos cuando vuelva a casa, ¿de acuerdo?

Isobel, conteniendo las lágrimas, respondió:

—De acuerdo.

Tres días más tarde, Isobel casi se ahogó con el vaso de agua que estaba bebiendo cuando Rafael entró en el despacho que tenía en casa; con el cabello revuelto y barba incipiente, estaba irresistible.

Rafael le había llamado la noche anterior para decirle que iba a retrasarse, y ella había creído que llegaría más tarde.

Rafael se la quedó mirando con gran intensidad.

–Estaba viendo una cosa en Internet –explicó ella sentada delante del escritorio.

Rafael inclinó la cabeza.

–Voy a darme una ducha. Después, me gustaría que habláramos, ¿de acuerdo?

Isobel asintió, segura de que Rafael quería hablar con ella de los detalles del divorcio. ¿Acaso quería que fueran ya al abogado?

Cuando Rafael bajó después de la ducha y le vio con unos pantalones negros y una camisa blanca, el pelo mojado de la ducha y recién afeitado, creyó que el corazón iba a salírsele del pecho.

Se levantó del escritorio y fue a reunirse con él; entonces, le siguió hasta el coche. Los nervios la hicieron guardar silencio. Por su parte, Rafael parecía igualmente reservado y, mientras conducía por la ciudad, la expresión de su rostro era intensa y seria.

Se sorprendió al ver que Rafael la había llevado a una pequeña pista de aterrizaje donde les estaba esperando una avioneta. Pero no dijo nada, se dejó llevar al interior del aeroplano. Allí, Rafael le presentó al piloto y pronto, sin saber adónde iban, se encontró sentada y abrochándose el cinturón de seguridad.

Isobel se dio cuenta de que se había dormido durante el vuelo cuando sintió una mano en el hombro.

–Isobel, despierta. Estamos a punto de aterrizar.

Rafael.

Al instante, abrió los ojos.

Miró por la ventanilla y reconoció el lugar.

—¡La estancia! —volvió la cabeza y miró a Rafael, era como si le estuvieran arrancando el corazón—. ¿Por qué hemos venido aquí?

Rafael estaba muy serio.

—Pronto lo sabrás.

Isobel se cruzó de brazos y, girando de nuevo la cabeza, miró por la ventanilla hasta que la avioneta tocó tierra.

Un Jeep les estaba esperando. Rafael se sentó al volante y ella a su lado. Pronto, ella se dio cuenta de que no se encontraban lejos de la casa, podía verla en la distancia. Pero en el punto en el que el camino se bifurcaba, en vez de girar a la izquierda para ir a la casa, Rafael tomó el camino de la derecha.

Isobel estaba hecha un manojo de nervios.

—¿Adónde vamos?

—Ya no falta mucho.

Rafael continuó conduciendo por una carretera de tierra entre matorrales. Por fin, salieron a un claro, y ella se dio cuenta de que estaba cerca del lago en los terrenos detrás de la casa.

Rafael paró el coche. El silencio que siguió fue ensordecedor. Rafael salió, rodeó el vehículo, abrió la puerta de ella y le dio la mano para ayudarla a bajar. Entonces, la miró durante un intenso momento y después echó a andar, con ella de la mano, por el claro.

Isobel vio unas luces en la distancia y, al acercarse, comprobó que era una marquesina cubierta de hiedra y flores. El corazón se le contrajo y se llevó una mano al pecho. Debía tratarse de la marquesina que sus abuelos mencionaban en las cartas de amor. Ahí era donde se habían conocido.

Y ella se había prometido a sí misma volver para conocerlo, pero se le había olvidado... hasta ese momento.

Al acercarse más, vio que las luces que brillaban eran cientos de linternas chinas de diferentes tamaños. Se volvió y miró a Rafael, y se soltó de su mano. Por primera vez desde que le conocía, Rafael parecía nervioso.

–Rafael... ¿por qué hemos venido aquí?

Por fin, Rafael habló:

–Vi lo que había en la caja de tu abuela y... espero que no te moleste, pero yo también leí las cartas –la sonrisa no le llegó a los ojos–. Las leí porque parecieron conmoverte.

–Sí, así es –corroboró ella con voz débil.

–No sabía qué hacer... cómo hacer esto –dijo Rafael con voz ronca–. Pensé que quizá una carta... pero luego me di cuenta de que no podía competir con las cartas de tus abuelos. Además, no me pareció bien. No es propio de mí.

A Isobel le pareció como si Rafael le estuviera hablando en otro idioma.

–Rafael...

Rafael le selló los labios con un dedo.

–Déjame hablar, ¿te parece? Necesito hablar.

Isobel asintió.

Rafael apartó la mano, pero antes le acarició la mandíbula con las yemas de los dedos.

–La otra noche quería hablar contigo, por eso te lleve a aquella sala de baile. Pensé que allí me resultaría más fácil. Cuando bailamos nos comunicamos muy bien, pasamos a otro nivel... Pero antes de que yo pudiera decirte nada, fuiste tú quien habló, dejando muy claro cómo te sentías –Rafael la miró fijamente–. Necesitas amor en nuestro matrimonio.

Isobel asintió. Apenas podía respirar, se sentía hechizada por la mirada de Rafael.

–Hay amor en nuestro matrimonio, Isobel –declaró Rafael de repente, en voz muy baja, tocándose el pecho.

Y ella notó que le temblaba la mano.

–Hay amor... aquí –continuó Rafael–. Eso era lo que quería decirte la otra noche, pero tú estabas tan disgustada... Y luego no me atreví a declararte mis sentimientos ya que me pareció que tú sólo querías alejarte de mí.

Isobel no podía dar crédito a lo que estaba oyendo.

–¿Pero... cómo? ¿Cuándo?

Rafael se pasó una mano por el cabello.

–Creo que todo empezó cuando te conocí, pero te juzgué mal. Luego, en París, empecé a enfrentarme a la realidad. La verdad es que nadie me había afectado tanto en la vida. Ni siquiera pude acostarme con otra mujer durante los seis meses previos a ir a por ti a París. Luego, la noche que vi a Ana a tu lado, fue como ver un pedrusco al lado de un brillante. Fue entonces cuando me di cuenta de que me había metido en un verdadero lío, a pesar de no reconocer aún lo que me pasaba. No podía admitirlo porque lo que sentí por Ana no admitía comparación con lo que sentía por ti.

Rafael sacudió la cabeza y continuó:

–He estado enamorándome de ti y, al mismo tiempo, tratando de convencerme a mí mismo de que no era así. Tuve que admitirlo cuando me di cuenta de que te estaba haciendo infeliz, y eso me partió el alma. Sé que no quieres seguir casada conmigo, pero tenía que intentarlo... ver si hay alguna posibilidad de que permanezcamos juntos...

A punto de estallar, Isobel hizo un ímprobo esfuerzo por mantener la calma.

–¿Qué significo para ti, Rafael?

–Todo. Lo significas todo. Sin ti, nada tiene sentido.

Rafael se sacó algo del bolsillo trasero del pantalón. Era el contrato prematrimonial. Lo rompió en varios pedazos y lo tiró al suelo.

–Eso no significa nada sin ti; porque si te marchas y me dejas, no quiero nada que me recuerde a ti. La estancia es tuya, siempre ha sido tuya.

Rafael se interrumpió y sonrió amargamente antes de proseguir:

–Mi relación con Ana me volvió muy cínico. Me negué a sentir nada por nadie. Pero ahora me doy cuenta de que no estaba realmente enamorado, porque ahora sé lo que es el amor. El amor es lo que está aquí, delante de mí, rompiéndome el alma.

Isobel respiró hondo y entonces agarró la mano de Rafael. Le miró a los ojos y una inmensa sensación de paz se apoderó de ella. Después, se llevó la mano de Rafael al corazón.

–Mi corazón es tuyo, Rafael. Pero me faltó valentía para decírtelo. Te dije que necesitaba amor, pero

lo que necesitaba era tu amor, porque yo ya te amaba
–Isobel tuvo que contener las lágrimas–. Luché mucho tiempo contra ello porque estaba convencida de
que tú jamás me amarías. Era por eso por lo que no
quería acostarme contigo al principio, sabía que era
mi última defensa, mi última barrera. Hasta cierto
punto, supe que me estaba enamorando de ti desde el
principio.

Con incredulidad, Rafael alzó la otra mano y tiró
de ella hacia sí.

–¿En serio me quieres?

–Sí –respondió Isobel–. Sí, te quiero.

Con manos temblorosas, Rafael le acarició la cabeza con sumo cariño y ella no pudo seguir conteniendo las lágrimas. Rafael bajó el rostro y se besa-
ron como nunca antes se habían besado.

Por fin, sus rostros se separaron y él le secó las lágrimas.

–No quiero volver a verte llorar –dijo él a regañadientes.

Isobel sonrió. Quería que Rafael la besara y la besara durante el resto de la vida.

Pero justo en ese momento, se oyó un ruido cercano. Los dos se volvieron y vieron al ama de llaves,
que con un gesto de disculpa, volvió a colocar una de
las linternas de la marquesina que se había caído.

Isobel vio que había otras dos personas con ella,
pero no logró ver quiénes eran. Entonces, alzó los
ojos hacia Rafael con expresión interrogante.

–¿Qué pasa?

Rafael sonrió, se le notaba aún algo nervioso.

–Para esto es para lo que te he traído aquí.

Rafael se puso de rodillas delante de ella, tomó sus manos y dijo:

–Quiero que sepas que, si me hubiera visto libre para elegir una esposa, te habría elegido a ti, te habría pedido de rodillas que te casaras conmigo y lo habríamos hecho en este lugar. Porque te amo. Así que... Isobel Miller, quieres casarte conmigo esta noche. Me harías el hombre más feliz del mundo.

Isobel miró a su marido y lloró, sonrió, asintió y, por fin, logró responder con voz ahogada:

–Sí, me gustaría casarme contigo.

Rafael se puso en pie y la llevó hasta la marquesina, donde esperaban el ama de llaves, Miguel Cortez, el encargado de cuidar de los caballos, y un sacerdote.

Ahí, delante de dos testigos, volvieron a casarse. Y luego, de vuelta en la estancia, lo celebraron hasta altas horas de la madrugada.

Cuatro años después, en la academia de baile de Isobel Romero en La Boca

–¡Mira, ahí está papá!

Rafael se disculpó ante Isobel enunciando la palabra «perdona» con los labios por interrumpir la clase de baile cuando su hija de tres años, al verle, rompió la fila en la que se encontraba, corrió hacia él y se arrojó a sus brazos.

Rafael levantó a Beatriz y le dio un sonoro beso. La niña se echó a reír. Él cerró la puerta de cristal para que Isobel pudiera seguir con su clase sin ser molestada.

Beatriz le puso las manos en el rostro, el suyo brillaba de felicidad, igual que sus ojos castaños.

–Papá, hace poco he tocado a mamá y he sentido las patadas del niño, muy fuertes. Va a venir pronto.

Rafael arqueó las cejas.

–¿Sí? ¿Y por qué crees que va a ser un niño?

–Qué tonto eres, papá. Porque ya tenemos una niña, yo.

Rafael sonrió, no tenía argumentos contra esa lógica. Abrazó a su hija mientras, por el cristal, miraba con un inmenso amor a su muy embarazada esposa. Ella le devolvió la mirada.

Un mes más tarde, nació Luis. Beatriz no se había equivocado.

Bianca

¡Él le asegurará el futuro, pero le arrebatará su libertad!

Con su sustento pendiente de un hilo, Victoria Heart, madre soltera y restauradora de profesión, sólo tenía una opción... aceptar la sorprendente propuesta que le hizo el arrogante hotelero Antonio Cavelli.

Antonio carecía de tiempo o disposición para el amor, pero de él se esperaba que se casara y tuviera hijos. Una esposa de conveniencia sería perfecta... ¡en particular una que ya tuviera un heredero! Pero el cuerpo de Victoria respondía con tanta entrega a su más ligero contacto, que no estaba seguro de cuánto tiempo el pacto acordado podría mantenerse en los estrictos límites de una transacción.

HARLEQUIN

Bianca

Novia de papel
Kathryn Ross

Novia de papel

Kathryn Ross

¡YA EN TU PUNTO DE VENTA!

Acepte 2 de nuestras mejores novelas de amor GRATIS

¡Y reciba un regalo sorpresa!

Oferta especial de tiempo limitado

Rellene el cupón y envíelo a
Harlequin Reader Service®
3010 Walden Ave.
P.O. Box 1867
Buffalo, N.Y. 14240-1867

¡Si! Por favor, envíenme 2 novelas de amor de Harlequin (1 Bianca® y 1 Deseo®) gratis, más el regalo sorpresa. Luego remítanme 4 novelas nuevas todos los meses, las cuales recibiré mucho antes de que aparezcan en librerías, y factúrenme al bajo precio de $3,24 cada una, más $0,25 por envío e impuesto de ventas, si corresponde*. Este es el precio total, y es un ahorro de casi el 20% sobre el precio de portada. !Una oferta excelente! Entiendo que el hecho de aceptar estos libros y el regalo no me obliga en forma alguna a la compra de libros adicionales. Y también que puedo devolver cualquier envío y cancelar en cualquier momento. Aún si decido no comprar ningún otro libro de Harlequin, los 2 libros gratis y el regalo sorpresa son míos para siempre.

416 LBN DU7N

Nombre y apellido	(Por favor, letra de molde)	
Dirección	Apartamento No.	
Ciudad	Estado	Zona postal

Esta oferta se limita a un pedido por hogar y no está disponible para los subscriptores actuales de Deseo® y Bianca®.
*Los términos y precios quedan sujetos a cambios sin aviso previo.
Impuestos de ventas aplican en N.Y.

SPN-03 ©2003 Harlequin Enterprises Limited

Un amor impulsivo

CATHERINE MANN

¡Era imposible que él fuese el padre! Carlos Medina sabía que no podía tener hijos, pero Lilah Anderson insistía en decir que la noche que pasaron juntos había dado como resultado un embarazo. Y cuando ella se negó a echarse atrás, su honor de príncipe le exigió que reconociese a su heredero. Cirujano, príncipe... a Lilah le daba igual el pedigrí de Carlos. Ella nunca había engañado a su amante, le había entregado su corazón sin pedir nada a cambio y Carlos quería casarse con ella sólo por su hijo. ¿Era demasiado pedir que le entregase también su amor?

¿Surgiría el amor a pesar del deber y el honor?

¡YA EN TU PUNTO DE VENTA!

Bianca™

Aquella princesa no temía perseguir sus sueños...

Anny Chamion no estaba acostumbrada a comportarse como una muchacha normal, pues su posición real la obligaba a actuar siempre según el protocolo. Sin embargo, un encuentro fortuito con el famoso actor Demetrios Savas le dio el impulso que necesitaba ¡para tirar por la borda todas sus obligaciones!

El corazón de Demetrios Savas estaba libre y así quería él que siguiera. ¿Pero cómo era posible que aquella bella desconocida le hubiera calado tan hondo? ¿Y por qué se moría por volver a probar una vez más tan deliciosa fruta prohibida?

La huida de una princesa

Anne McAllister

¡YA EN TU PUNTO DE VENTA!